Una Momia en su Mochila

James Luna

Traducción al español de Gabriela Baeza Ventura

PIÑATA BOOKS
ARTE PÚBLICO PRESS
HOUSTON, TEXAS

A Mummy in Her Backpack / Una momia en su mochila ha sido subvencionado por la Ciudad de Houston por medio del Houston Arts Alliance.

¡Piñata Books están llenos de sorpresas!

Piñata Books
An imprint of
Arte Público Press
University of Houston
4902 Gulf Fwy, Bldg 19, Rm 100
Houston, Texas 77204-2004

Diseño de la portada de Mora Des!gn Group
Ilustración de la portada de Ted Dawson y Mora Des!gn Group
Ilustraciones de Ted Dawson y Giovanni Mora

Luna, James (James G.), 1962-
A Mummy in Her Backpack / by James Luna; Spanish translation by Gabriela Baeza Ventura = Una momia en su mochila / por James Luna; traducción al español de Gabriela Baeza Ventura.
p. cm.
Summary: Flor returns to school from a vacation in Mexico, only to find she brought back a small man with dark yellow skin and thin, stringy hair, who emerges from her backpack and introduces himself as Rafa, a mummy from the famous museum in Guanajuato.
ISBN 978-1-55885-756-8 (alk. paper)
[1. Mummies—Fiction. 2. Mexican Americans—Fiction. 3. Spanish language materials—Bilingual.] I. Ventura, Gabriela Baeza. II. Title. III. Title: Momia en su mochila.
PZ73.L86 2012
[Fic]—dc23

2012026030
CIP

♾ El papel utilizado en esta publicación cumple con los requisitos del American National Standard for Information Sciences—Permanence of Paper for Printed Library Materials, ANSI Z39.48-1984.

Impreso en los Estados Unidos de America
Septiembre 2012–Noviembre 2012
Versa Press, Inc., East Peoria, IL
12 11 10 9 8 7 6 5 4 3 2 1

Para Brenda quien fue de viaje y me trajo una idea.

Para Flor que me prestó su nombre.

Para mis estudiantes que me inspiran día a día.

—Todo va a estar bien —le dijo Flor a su hermanito, Adrián, mientras lo encaminaba a su salón de primer año. Después de haber faltado a la escuela por dos semanas, Adrián estaba un poco preocupado por el regreso a clases—. ¿Ves? Allí está Gabriel —le dijo señalando a un niño que iba caminando con su hermana. Adrián corrió hacia Gabriel, y juntos entraron al patio de recreo. Flor se acercó a la niña, su mejor amiga, Lupita.

—¡Por fin! —exclamó Lupita cuando vio a Flor—. ¿Cuándo regresaste?

Flor se acomodó un mechón de su largo cabello café detrás de la oreja derecha. —Anoche —respondió—. Súper tarde. Estábamos tan cansados que me quedé dormida de regreso del aeropuerto. Mi mamá dijo que podía quedarme en casa otro día, pero ya quería regresar a la escuela.

Lupita movió la cabeza y el dedo de un lado a otro en señal de reprobación —¡No vuelvas a faltar dos semanas otra vez! No tuve con quién jugar, y ¡Sandra es tan fastidiosa!

Riéndose, Flor dijo —¡Prometido! —Luego metió la mano en uno de los bolsos al costado de la mochila—. Te traje esto. —Le entregó a Lupita un marca páginas de tela con un arco iris y la palabra "Guanajuato" bordada con hilo blanco—. También compré uno para mí para que los usemos cuando leamos.

—¡Gracias! —dijo Lupita.

Sonó el timbre, y las niñas se fueron a su salón. Cuando entraron, Lupita le dijo a la señorita King —ya regresó Flor de su viaje a México.

—Bienvenida a la escuela, Flor —dijo la señorita King. Flor sonrió y se sentó en su pupitre—. ¿La pasaste bien en el viaje? —preguntó la señorita King.

—Sí —respondió Flor—. Le traje algo —dijo y metió la mano en el otro lado de la mochila. Sacó un pequeño sol de cerámica que también tenía escrita la palabra "Guanajuato" en azul marino.

—Gracias. —La señorita King observó las letras en el sol y trató de decir —Wan . . . wana . . . who . . . ¿qué? Ay no, jamás podré pronunciar eso.

Lupita se rio. Flor sonrió. Su maestra no podía pronunciar muchas palabras en español, pero estaba bien.

—Qué bueno que ya estás de vuelta —dijo la señorita King.

—Sí, qué bueno que ya regresé —respondió Flor. Ella y Lupita se fueron a sus pupitres y se pusieron a comparar sus marca páginas. Poco a poco llegaron los demás compañeros de cuarto año y se sentaron mientras la señorita King pasaba lista.

—Niños, por favor saquen su tarea —anunció la señorita King. Y después volteó hacia Flor—, Flor, espero que hayas hecho la tarea que te di para las dos semanas que estuviste ausente.

—Estoy segura de que no la hizo —dijo Sandra.

La señorita King volteó hacia Sandra. —Eso no se dice, Sandra. Ah, y ahora que Flor regresó, ya no necesito que recojas la tarea.

—Pero, Maestra . . . —dijo Sandra.

—Gracias, Sandra —dijo la señorita King—. Ya te puedes sentar.

Sandra le frunció el ceño a Flor y volvió a su asiento. Cuando la maestra no estaba viendo, amenazó a Flor con el puño.

La señorita King le preguntó a Flor —¿Puedes volver a recoger las tareas otra vez después de que me hayas entregado la tuya?

Con una sonrisa, Flor asintió.

Mientras la maestra caminaba por las filas de pupitres, Flor se dio vuelta en su asiento para abrir su mochila. Cuando metió la mano sintió algo frío y seco. Se volteó para ver si uno de los niños que estaba sentado detrás de ella le estaba haciendo una broma, pero Jason y Matt estaban tratando de explicarle a la señorita King por qué no tenía sus tareas. *Seguro me lo imaginé*, pensó Flor. Despacio, metió la mano otra vez. Una vez más, sintió algo frío. Sacó la mano y trató de gritar, pero no le salió la voz. Flor observó su mochila con cuidado. ¡Se había caído y se estaba moviendo!

Espera, pensó. *Seguro que fue uno de esos niños bobos.* Siempre le hacían bromas como esa. Se acordó de cuando habían usado su mochila para jugar básquetbol con pelotas de papel.

Me la pagarán, pensó. *Voy a abrir la mochila y le mostraré a la señorita King lo que metieron.* Flor abrió la mochila.

Dos ojos amarillos le sonrieron.

—¿Ya llegamos? —¡Salió una voz de la mochila! Flor se llevó una mano a la boca. Quería gritar, pero no le salía la voz.

—¿Ya llegamos a los Estados Unidos? —preguntó la voz de la mochila—. Creo que escuché inglés.

Flor miró a la señorita King, luego a los niños a su alrededor para ver si habían escuchado la voz. Los niños estaban buscando la tarea en sus mochilas. Lupita estaba reescribiendo los números en las hojas de matemáticas para que lucieran perfectos. Armando le estaba explicando a la señorita King que había perdido la tarea en el entrenamiento de fútbol, y Sandra estaba copiando las respuestas de la tarea de Miguel.

Flor rápidamente cerró el zíper de su mochila. Se acercó sigilosamente a su maestra y le susurró —¿Puedo salir? Creo que dejé mi tarea en el parque de recreo.

—Está bien —dijo la señorita King—. Pero sal con uno de tus compañeros.

—¿Puede ir Lupita conmigo? —preguntó Flor.

La señorita King asintió así es que Flor tomó su mochila y jaló a Lupita afuera del salón.

Flor llevó a Lupita a un espacio entre dos salones. Lupita se quejó —¿Qué estamos haciendo aquí afuera? ¿Qué se te perdió? Caminamos juntas al salón, y ni siquiera sacaste algo de la mochila antes de que sonara el timbre.

—¡Cállate, Lupita! —dijo Flor—, ¿puedes ver en mi mochila?

—¿Por qué? —preguntó Lupita.

—Creo que hay algo adentro —dijo Flor—. Algo que me habló. Tenía ojos amarillos.

—Entonces velo tú —dijo Lupita, y empezó a alejarse—. Es *tu* mochila.

—Bien, veámoslo juntas. —Flor abrió el zíper de la mochila lentamente. Las dos niñas se asomaron con cautela. Los ojos amarillos les regresaron la mirada.

—¿Quién es tu amiga, Flor? —preguntó la voz. Las niñas gritaron y soltaron la mochila—. ¡Ay! —gritó la voz—. ¿Por qué hicieron eso?

—¿Quién está ahí? —preguntó Flor tratando de no mostrar miedo.

La voz le respondió —Me llamo Rafael, pero todos me dicen Rafa. ¿Te acuerdas de mí? Te vi en el museo de Guanajuato.

—No —respondió Flor—. ¿Quién eres?

—¿Y qué estás haciendo en su mochila? —agregó Lupita con las manos en las caderas.

La mochila se movió para atrás y para adelante.

—Bueno, es difícil de explicar. Básicamente, soy lo que llamarían una "momia".

—¿Una momia? —preguntó Flor.

Lupita se escondió detrás de su amiga —¡Corre, Flor! ¡La momia va a destruir la escuela!

Rafa se rio. —¡Jamás haría tal cosa! Flor, cuéntale a Lupita sobre las momias.

—Ya leímos sobre las momias y también vi una película —dijo Lupita—. Eres de Egipto. Eres un faraón, o una persona rica. Te sacaron las tripas y . . .

—No completamente —dijo Rafael—. Básicamente somos, éste . . . Flor, ya cuéntale del museo.

Flor se dio vuelta y le explicó a Lupita —El museo más famoso de Guanajuato es el de las momias. Pero no momias de Egipto. Está repleto de momias de Guanajuato. Cuando entierran a la gente en Guanajuato, muchas veces no se descomponen. El cuerpo se mantiene completo. Así es que la ciudad hizo este museo para exhibir las momias. Tienen todo tipo de momias en las vitrinas. Las fuimos a ver cuando . . . —Observó fijamente su mochila—, Eres una . . . ¿Cómo te . . . ?

—Te lo puedo explicar —respondió Rafa—. Pero antes, ¿puedo salir de la mochila y estirarme un poquito?

Flor se volteó a ver a Lupita. Lupita se había tapado los ojos.

—Está bien —dijo Flor—. Pero hazlo rápido porque te puede ver alguien.

Flor miró fijamente cómo emergía un gastado sombrero de vaquero de su mochila. Debajo del sombrero salió una cabeza delgada de piel amarilla oscura. Flor frunció el ceño. De pronto, recordó sus modales, y trató de esconder su miedo. Rafael por

fin se levantó. No era muy alto. Llevaba una camisa rota, pantalones negros y botas de piel negras. El cabello ralo y grasoso le salía en rizos por debajo del sombrero. Sus grandes ojos cafés brillaron sonrientes cuando miró a Flor. Ella sentía que el corazón le latía fuertemente, pero logró regresarle la sonrisa a la pequeña momia de la cara extraña y el sombrero vaquero. Rafa volteó la cabeza para ver a Lupita, que intentaba esconderse detrás de Flor.

—Gracias —dijo—. Se siente muy bien poder estirarse. He estado adentro de esta mochila los últimos tres días.

—¡Híjole! —dijo Lupita—. ¿Flor, has estado cargando una momia en tu mochila?

—No —protestó Flor. Luego se volteó hacia Rafa con una mirada de preocupación— ¿o sí?

Rafa asintió.

Flor le preguntó —¿Cómo te metiste?

—Pues, mira —empezó Rafa—. Es así. —Rafa cruzó los brazos, agachó la cabeza y se metió en la mochila—. ¿Ves? —le dijo desde adentro—. Quepo perfectamente. Hay mucho espacio aquí adentro.

—No me refiero a eso —dijo Flor.

Rafa se paró otra vez. —¿Entonces?

De repente, un niño salió corriendo de un salón para ir al baño. Lupita tomó a Flor por el brazo y dijo —Flor, ¡más vale que regresemos al salón antes de que alguien nos vea!

—Ay, sí —dijo Flor—. Rafa, ¿qué vamos a hacer contigo?

—Básicamente, me puedo quedar en tu mochila. No te daré problemas. Te lo prometo —le aseguró Rafa.

—No sé —dijo Flor.

Lupita interrumpió —Sí, Rafa. Métete. Tenemos que regresar al salón antes de que la señorita King mande a alguien a buscarnos.

Rafa se estaba metiendo en la mochila de Flor cuando ésta recordó la razón por la que habían salido.

—Oye, Rafa, ¡necesito mi tarea!

—¡Ay, sí! —dijo Rafa.

Las niñas escucharon que crujían unas hojas y finalmente vieron que la mano de Rafa sacó unas hojas arrugadas.

—¡Rafa, me arrugaste la tarea! —regañó Flor.

—¡Fúchila! ¡Huele raro también! —dijo Lupita.

—Discúlpame, linda —dijo Rafa—, probablemente me senté sobre ella. Además, revisé las matemáticas, y todo parece correcto si las tablas de multiplicar son las mismas que se usaban hace ciento veinte años.

Flor cerró el zíper de la mochila, y las niñas regresaron al salón. Tímidamente, Flor le entregó la tarea a la señorita King. La maestra las miró y dijo —Flor, ¿qué le pasó a tu tarea?

—Es una larga historia, Señorita King —dijo Flor—. Y aún no sé el final —agregó al regresar a su asiento.

Antes de que la maestra pudiera decir algo, Lorenzo gritó —¡Ay! Señorita King, ¡Sandra me picó con el lápiz! —La señorita King se llevó la tarea de Flor y atravesó el salón para encargarse del problema.

Mientras Flor regresaba a su asiento, observó a cada niño, esperaba que ninguno se diera cuenta de que su mochila colgaba demasiado por el peso.

Cuando llegó el receso, Flor y Lupita pidieron permiso para quedarse adentro del salón. La señorita King les dijo que tenía guardia en el patio, pero que si se portaban bien, se podrían quedar solas en el salón. Sandra también pidió permiso para quedarse.

—La última vez que te dejé quedarte, encontré un desastre en mi escritorio —dijo la maestra.

—¡No fui yo! —dijo Sandra en protesta.

—Sal con tus compañeros, por favor —dijo la señorita King.

El resto de la clase salió rápidamente y en cuanto salió el último niño del salón, Flor dijo —¡Rafa! Ya puedes salir y estirarte hasta que suene el timbre.

—Gracias —susurró Rafa. Esta vez saltó de la mochila. Cuando ya estaba afuera miró alrededor del salón con los ojos bien abiertos y secos—. ¡Caray! —gritó—. ¡Este lugar es algo especial! Tiene más cosas que el museo.

—¡No hables tan fuerte! —lo regañó Flor—. Alguien te puede escuchar. Además, no nos has dicho por qué te escondiste en mi mochila.

—Bueno, básicamente —dijo Rafa— desde que era niño, quería ver cómo eran los Estados Unidos. Nunca tuve la oportunidad. He estado en el museo por casi treinta años. Desde la vitrina veo que llega gente de Texas, Florida, Nueva York y California.

Aprendí inglés de las conversaciones. El escuchar a todos los turistas me hizo desear venir para acá aún más que cuando estaba vivo. Estuve a punto de escaparme un par de veces. Veía a la gente con bolsas grandes, señoras con unas bolsotas. Las dejaban en el museo, y sabía que cabría adentro. Pero después entraba otro grupo, o alguien regresaba por la bolsa, y allí me quedaba atorado con mi plan. Esperé mucho tiempo. Sabía que tenía que tener paciencia, que mi oportunidad estaba a la vuelta de la esquina. Tú pasaste caminando despacito, escondiéndote detrás de las piernas de tu mamá con esa mochila grande y vacía, era perfecto. Pusiste la mochila en el piso para levantar a tu hermanito y cuando te saliste del cuarto, me metí. Por suerte caminas despacio.

Flor hizo una cara y movió la cabeza. Lupita se rio.

—¿Así es que vives en un museo? —preguntó Flor.

—Bueno, básicamente, no vivo allí. Me tienen en una sala con la momia bebé y la momia tímida. —Rafa se enderezó y dijo orgullosamente—, Soy la momia más antigua del lugar.

—¿Cuándo naciste? —preguntó Flor.

—El cuatro de octubre de 1884. —Rafa pasó el pie por la alfombra y miró las luces fijamente—. ¡Vaya! Siempre me preguntaba cómo sería cuando llegara aquí, pero ¡jamás pensé que sería así! —Rafa se movió despacio alrededor del salón, caminaba bien chistoso como si recién se hubiera bajado de un caballo. Mientras caminaba, observaba las paredes, los pupitres y las computadoras.

—¡No lo puedo creer! —dijo—. En todo el tiempo que pasé en el museo, siempre me pregunté cómo le hacían para mantener las luces prendidas. No puedo ver la llama.

Al principio, Flor no entendió. De repente, corrió al interruptor de luz. —Mira —le dijo a Rafa. Flor prendió y apagó las luces—. Es electricidad, no luz de una llama.

—¡Caramba! —gritó Rafa.

—¡Shhh, no grites! —dijo Lupita. Estaba mirando por la ventana y vio que Sandra corría hacia la señorita King. Lupita la vio decirle algo emocionada y apuntar hacia el salón.

—¡Flor! —gritó Lupita—. ¡Creo que Sandra ya vio a Rafa!

—¡Ay, no! —dijo Flor—. ¿Qué vamos a hacer?

—Tal vez me puedo esconder en algún lado —dijo Rafa—. Estuve metido en esa vitrina del museo por tanto tiempo que me podré quedar quieto en cualquier lugar.

—Sí, pero no te podemos exhibir —dijo Flor—. Tenemos que esconderte.

—¿Qué tal en el gabinete? —dijo Lupita.

—No. La señorita King saca cosas de allí durante la hora de matemáticas —le dijo Flor.

—¿Y en la cafetería? —dijo Lupita.

—¿Dónde en la cafetería? —respondió Flor—. Todos los niños de esta escuela pasan por allí. Además, no podemos caminar así como así por la escuela cuando queramos sin que nadie nos pregunte qué hacemos. ¿Adónde podemos ir que nadie más pueda ir?

Lupita dijo —No sé, ¡pero apúrate! Tengo que ir al baño.

Flor sonrió —¡Lupita! ¡Eres un genio! ¡Vamos!

Lupita frunció el ceño por un segundo y luego sonrió. —¡Oye, sí soy inteligente! —dijo—. Pero, ¡espera! Rafa no puede entrar hasta que yo salga.

—Ya lo sé —le dijo Flor.

Justo en ese momento Sandra abrió la puerta. La señorita King le había dado las llaves.

—¡Flor! ¡Lupita! —gritó—. ¡La señorita King quiere verlas! Le dije que estaban hablando con alguien.

Flor no le respondió.

—¡Me la vas a pagar, Sandra! —dijo Lupita.

—No le hagas caso —dijo Flor. Levantó su mochila y caminó hacia la puerta.

Las dos niñas salieron despacio. Flor fulminó a Sandra con la mirada. Lupita le dio un codazo y Sandra se golpeó con la puerta.

—¡Ay! —gritó Sandra.

—¡Perdón! ¿Te lastimaste? —Lupita pretendió disculparse.

Sandra le respondió —No.

—Qué lástima. ¡Para la próxima lo haré mejor! —dijo Lupita, volteando a ver a Sandra. Ésta estiró la mano para alcanzar una trenza de Lupita, pero no lo logró.

Cuando las niñas llegaron con la señorita King, ella las regañó. —Niñas, Sandra dijo que había alguien más con ustedes en el salón. Si no puedo confiar en ustedes, no las volveré a dejar solas en el salón.

Lupita contestó —¡Sandra está mintiendo! Quiere meternos en problemas porque tiene celos.

Flor habló con más tranquilidad —Vaya a ver el salón, Señorita King. No hay nadie ahí.

La señorita King caminó al salón seguida por Flor, Lupita y Sandra. Se asomó por la ventana y dijo —No veo a nadie, Sandra. ¿A quién viste?

—A un niño vestido de vaquero —explicó Sandra.

La señorita King se rio. —¿Un vaquero? ¡No hay un sólo estudiante en toda la escuela vestido de vaquero!

Lupita exclamó —¡Ve! ¡Le dije que Sandra miente!

—¡No es cierto! —protestó Sandra.

—¡Niñas! ¡Niñas! —interrumpió la señorita King. Volteó hacia Sandra—. Aquí no hay ningún problema, Sandra. Por favor, no andes inventando cosas.

Flor golpeó suavemente con el codo a Lupita y le preguntó a la maestra —Señorita King, ¿podemos ir al baño?

—Por supuesto —respondió.

Las niñas corrieron al baño. Adentro, un grupo de niñas de sexto estaban riendo y platicando. Flor suspiró. —No podemos sacar a Rafa mientras ellas estén aquí.

Flor y Lupita esperaron cerca de la puerta del baño. Cuando dos niños pasaron gritando y jugando a la roña, Lupita tuvo una idea. Corrió al baño y anunció —¡Joey y Robert dijeron que van a golpear a Sammy en la cancha de fútbol!

Todos conocían a Joey, Robert y Sammy, y sabían de los líos en los que se metían, así es que las niñas de sexto salieron corriendo para ver la pelea. Lupita entró al baño y desapareció de la vista de Flor por un rato. Flor escuchó que le bajó al agua, y luego regresó y le hizo una seña de que todo estaba bien.

—Esas niñas van a estar furiosas cuando sepan que las engañaste —dijo Flor.

Lupita se encogió de hombros —No les dije que estaban peleando. Les dije que habían dicho que iban a pelear. Allá ellas si creen todo lo que escuchan.

Ahora Lupita se encogió de hombros. Las niñas entraron a un baño y cerraron la puerta. Flor abrió la mochila para que Rafa saliera. —Espéranos aquí hasta que se acaben las clases. Vendremos por ti entonces —le dijo.

—¡Vaya! —dijo Rafa viendo hacia abajo—. ¡Mira el pozo! ¿Puedo tomar agua?

—¡No! —gritó Flor, tomándolo del huesudo brazo—. No es un pozo. Es un inodoro.

—¿Un ino . . . qué? —repitió—. ¿Para qué sirve? ¿Qué se hace allí?

Lupita se rio. —Explícaselo, Flor.

Flor miró a su amiga enojada, y luego volteó hacia Rafa. —Ven para acá —dijo, y lo llevó al otro lado del baño—. Éste es el lavamanos. El agua sale por ahí. —Le abrió el agua.

—¡Caray! —dijo Rafa moviendo la cabeza—. Qué maravilla. ¿Pero para que sirve la otra cosa si no es para tomar agua?

Flor empezó —Es para . . . para . . . Es para . . .

Rafa miró a Flor fijamente esperando una respuesta. Sus ojos amarillos y la piel reseca la ponían nerviosa, así es que desvió la mirada hacia el piso. Después sonrió —¡Es un excusado!

—¡Oh! —dijo Rafa—. ¡Qué lujoso! Así es que básicamente me quedaré aquí sentado hasta que vuelvan por mí. —Luego se sobó la barbilla—. ¿Y qué hago si entra alguien?

Flor miró a Lupita quien se encogió de hombros. Flor miró alrededor del baño y tuvo una idea.

—Toma —le dijo a Lupita—. Lleva todas estas toallas de papel y ponlas en el inodoro.

—¡Fúchila! ¡No! —dijo Lupita.

—Hazlo —ordenó Flor—. Déjalas caer en el agua. ¿Te acuerdas cuando mandaron a Hugo y a Marco a la oficina de la directora el año pasado?

Lupita sonrió —¡Ay, sí! —Sacó las toallas de papel café y con cuidado las dejó caer en el inodoro. Flor trabajó con más rapidez, sacando toallas de papel, haciéndolas bola y tirándolas en el inodoro. Mientras estaban trabajando sonó el timbre que indicaba el fin del recreo—. ¡Apúrate, Flor! —dijo Lupita—. Nos vamos a meter en problemas. Además, ¿cómo vamos a . . . ?

—No te preocupes —dijo Flor—. Espérame afuera.

Lupita salió, y Flor le dijo a Rafa —Párate en ese tubo que sale de la pared.

Rafa se paró sobre el tubo y Flor le bajó al agua. Las toallas de papel dieron vuelta y se hundieron en el inodoro por un segundo, después subieron con el agua. El inodoro se estaba desbordando con agua y toallas de papel derramándose sobre el piso.

—Perfecto —dijo Flor, moviendo los pies como si estuviera bailando, para quitarse del agua. Apuntando con el dedo le dijo a Rafa —Espérame aquí. Vendré por ti después de la escuela.

Rafa asintió con la cabeza.

Cuando Flor llegó al salón, le dijo a la señorita King —El baño de las mujeres está inundado otra vez. ¿Puedo ir a avisarle al conserje?

—Ustedes dos se están perdiendo los ejercicios de matemáticas —las regañó la señorita King—. ¿Van a poder aprender lo que estamos haciendo?

Flor miró hacia el pizarrón y la hoja de ejercicios en las manos de la señorita King.

—Para dividir los quebrados tiene que voltear el primer quebrado —dijo Lupita.

—Y luego lo multiplicas, ¿verdad? —agregó Flor.

—Bien, así es —dijo la señorita King.

La señorita King les dio permiso para que fueran a buscar al señor García, el conserje. Lo encontraron poniendo las mesas en la cafetería.

Flor se le acercó y le dijo —Éste . . . el baño de las niñas está inundado.

—No hay problema —dijo el señor García —. Iré a arreglarlo.

Flor miró hacia abajo y masculló —Es mi culpa. Tiré toallas de papel en el inodoro. Yo lo limpiaré.

El señor García no supo qué decir. Flor era una niña tan buena. —No te puedo dejar hacer eso. Es un trabajo sucio —dijo.

Flor movió la cabeza —No. No hay . . .

Lupita se rio. —Caca —acabó la frase de Flor.

Flor continuó —Sólo son toallas de papel. Yo las sacaré si usted . . .

—Si yo ¿qué? —preguntó el señor García.

—Si deja el baño cerrado hasta después de la escuela.

—Pero eso será un desastre. Además, ¿qué van a hacer las otras niñas?

—Pueden usar el otro —dijo Flor.

Lupita agregó —Y puede cerrar el agua. Vi cómo mi papi lo hizo una vez que se inundó nuestro baño.

—Niñas, ¿por qué no quieren que entre nadie al baño? —preguntó el señor García.

—¿Le puedo mostrar después de clases? —respondió Flor—. Le prometo que no es nada malo.

El señor García miró a Flor y a Lupita. Conocía a las niñas desde que estaban en kínder. Si Flor le decía que no era nada malo, entonces no era nada malo. Así es que aceptó —Está bien. Ustedes saquen las toallas de papel, y yo cubriré la puerta con cinta de advertencia.

Luego Flor hizo algo que él no esperaba que hiciera. Miró hacia arriba para ver al señor García, le sonrió bien grande y le dio un fuerte abrazo. Así fue como él supo que había hecho lo correcto.

Mientras los tres caminaban hacia el baño, Lupita le susurró a Flor —¿Qué vamos a hacer después de la escuela?

—En este momento no lo sé —respondió Flor.

Lo que Flor no sabía es que Sandra las había estado observando. Tenía sospechas por qué estaba inundado el baño, así es que le dijo a la señorita King que tenía dolor de estómago. En vez de ir a la enfermería, se fue al baño donde Rafa se estaba escondiendo. Cuando llegó a la puerta del baño, se detuvo.

—¿Quién está aquí? —gritó Sandra.

Nadie respondió.

—Sé que hay alguien aquí—dijo. Sandra caminó de puntitas en el baño, tratando de mantener sus zapatos y sus pantalones secos. En ese momento llegaron Flor, Lupita y el señor García.

—Sandra, ¡sal de ahí! —gritó Flor.

Sandra no los había escuchado llegar. Con la sorpresa, Sandra se resbaló y se cayó. Se pegó en la cabeza con la pared del baño. Para cuando llegó el señor García a su lado, estaba empapada y llorando. El conserje la ayudó a levantarse y la sacó del baño.

—¿Qué estabas haciendo allí? —le preguntó Flor. Sandra estaba llorando tanto que no le contestó.

—Tienes que tener más cuidado —dijo Lupita—. No te preocupes, Sandra. Le vamos a contar a la señorita King lo que pasó. *Todo* lo que pasó.

Sandra lloró más fuerte.

—¿Ven? —dijo el señor García—. El piso mojado es peligroso. Vale más que me dejen a mí limpiarlo.

Flor pensó con rapidez. —Sandra se cayó porque la asustamos. Tendré más cuidado.

—Está bien —dijo él—. Pero estaremos afuera por si nos necesitas.

El señor García le dio a Flor un gancho de alambre para que sacara todas las toallas. Flor pisó con delicadeza adentro del baño inundado. Cuando abrió el baño, Rafa la miró y sonrió. Estaba a punto de decir algo cuando Flor se puso el índice sobre los labios. Rafa asintió y se quedó callado. Sumergiendo el gancho en el inodoro, sacó las toallas empapadas y las dejó caer de sopetón sobre el piso. El sonido que hicieron era tan asqueroso como la idea de lo que podría sacar después. Cuando Flor sacó la última toalla, el agua se fue por el inodoro, en lugar de rebalsarse. Suspiró en señal de alivio.

—Listo —anunció al salir del baño. Después cayó en cuenta del desastre que había hecho—. Supongo que debo recoger las toallas ahora.

—Nos encargaremos de eso más tarde —dijo el señor García—. Tengo que llevar a Sandra con la enfermera, y ustedes tienen que regresar al salón.

—Tiene razón —dijo Flor—. Pero, por favor, no se olvide de poner la cinta de advertencia.

—Voy a hacer algo mejor —dijo—. Voy a cerrar con llave y más tarde le pondré la cinta a la puerta.

—Perfecto —dijo Flor—. Muchas gracias. Aquí estaremos después de clases.

Flor y Lupita regresaron al salón y empezaron a contarle a la señorita King lo que le pasó a Sandra. Lupita se aseguró de decirle —Se cayó en agua de inodoro —bien fuerte para que todos la oyeran. La clase irrumpió en risas.

Cuando la secretaria de la escuela llamó y pidió que llevaran las cosas de Sandra a la oficina, la señorita King le dijo a Flor —Mandaré a otra persona esta vez. Ya has estado demasiado tiempo fuera del salón.

—Está bien —dijo Flor. No le molestaba. Sólo quería sentarse un poco y pensar.

Flor pasó el resto del día preocupada por Rafa. Comió muy poco de su almuerzo, y le dio las rebanadas de manzana a Lupita. Las niñas hasta caminaron por afuera del baño durante el recreo para asegurarse de que la puerta estuviera cerrada. Durante la hora de ciencias sociales, en lugar de estudiar mapas, Lupita le susurró —¿Crees que Rafa esté bien?

—Shhh —dijo Flor—. No digas su nombre.

—¿Qué le vas a decir al señor García después de clases?

Flor suspiró. La señorita King pasó cerca de ellas, así es que Flor señaló a un lugar en el mapa e hizo como que estaba trabajando—. Supongo que tendré que decirle la verdad —respondió—. Pero no sé cómo.

Flor se encogió de hombros y continuó mirando el libro. No sabía qué hacer.

Después de la escuela, Flor y Lupita pasaron por sus hermanitos en sus salones, y luego fueron a buscar al señor García. Cuando lo encontraron, Flor preguntó —¿Ya podemos entrar al baño?

—Claro —le dijo.

—Tenemos que hacer algo con nuestros hermanos —Flor le susurró a Lupita.

—No hay problema —respondió Lupita. Después llamó a los niños, que estaban caminando despacio detrás de ellas—. ¿Quieren ir al patio antes de irnos a casa? —Los niños corrieron al patio y empezaron a cavar en la caja de arena.

Flor y el señor García entraron al baño. El señor García abrió la puerta y preguntó —Bien, ¿ahora me puedes decir cuál era el problema?

Flor lo dudó y luego asintió. —Espéreme aquí. —Entró al baño y salió en unos segundos abrazando la mochila. Miró hacia el suelo y susurró—. ¿Me promete no decirle a nadie?

El señor García lo pensó. Tenía que decirle al director todo lo que pasaba. Sabía de un conserje que no reportó a un gato que estaba viviendo debajo de un salón. Lo corrieron cuando el director encontró gatitos en su almuerzo. Esas cosas le pasaban a los conserjes.

Después miró a Flor. Sus grandes ojos cafés estaban rojos y llorosos. ¿Qué más podría hacer?

—Te lo prometo —dijo.

Flor miró a su alrededor para asegurarse de que no había niños cerca. Despacio abrió la mochila. —Todo está bien, Rafa —dijo.

Primero, el señor García vio el sombrero de vaquero maltratado y luego la piel amarilla y arrugada. Le recordó la mostaza seca que tallaba del piso de la cafetería después que servían banderillas.

—Él es Rafa —dijo Flor.

Hasta a un conserje que estaba acostumbrado a ver cosas asquerosas, como el señor García, le repugnó.

Rafa se levantó y sonrió —Buenos días. Rafael Rigoberto Pérez Hernández, para servirle.

El señor García miró a Rafa y luego a Flor. —Está bien, Flor. ¿Qué está pasando aquí? —preguntó.

Flor le contó de su viaje a Guanajuato, del museo de las momias y que Rafa se escapó metido en su mochila.

El señor García frunció el ceño —Así es que . . . Estoy hablando con una . . . —Movió la cabeza y dijo— Poner personas en vitrinas y llamar eso un museo me suena raro, pero jamás he estado en Guanajuato. Mi familia es de Jalisco. Pero, llévatelo . . . a casa, y te prometo que guardaré tu secreto. —Flor lo prometió y Rafa se volvió a meter en la mochila. El señor García agregó —Y en el futuro, prométeme que vas a dejar los inodoros en paz.

—Prometido —asintió Flor—. Gracias.

Flor, Lupita y sus hermanos empezaron a caminar a casa. En el camino, las cosas se complicaron aún más para Flor, Rafa y hasta para el señor García.

Las niñas les dijeron a sus hermanos que caminaran enfrente de ellas para poder platicar en privado. Los niños corrieron y empezaron a platicar de súper héroes. Mientras Flor, Lupita y sus hermanos cruzaban la calle, pasaron por la tienda "Todo a dólar". Los niños pararon y miraron por la vitrina. Las niñas los alcanzaron y también empezaron a mirar. La vitrina estaba llena de diferentes disfraces para la

Noche de Brujas, desde súper héroes hasta princesas y zombis. Los trajes colgaban sin gracias y sin vida. Flor se asomó por la vitrina y dijo —Espero que mamá no me compre el disfraz de princesa del que me habló. Quiero disfrazarme de bruja.

—¿Otra vez? —se quejó Lupita—. Fuiste bruja en el segundo año.

—Sí —dijo Flor—. Pero esta vez ¡voy a dar mucho miedo! No seré una de esas brujitas buenas.

—¿Te pondrás uñas largas y te pintarás la piel de color verde? —preguntó Lupita.

—¡Sí! —dijo Flor—. Quiero una peluca de pelo maltratado y zapatos picudos.

Lupita miró a Flor. —Yo quiero ser un chango. Mi tía ya casi termina mi disfraz.

Flor movió la cabeza. —Le tengo que decir a mi mamá que no me compre ese disfraz. Ya estamos a 24 de octubre.

La mochila de Flor se movió, y ella estuvo a punto de caerse.

—Párale, Rafa —gritó Flor—. ¡Te puede ver alguien!

Las niñas escucharon los gritos ahogados de Rafa, pero no podían entender lo que estaba diciendo. Flor miró a su alrededor. Iban pasando unos niños de tercero.

Lupita apuntó detrás de ellos y gritó —¡Córranle! ¡Ahí viene el cucuy!

Los niños corrieron sin mirar atrás. Nadie quiere que lo atrape el cucuy. Jamás volverían a ver a sus papás.

Lupita volteó hacia Flor y se rio. —Ya no hay nadie. —Después vio las caras aterrorizadas de Adrián y Gabriel. Les sonrió. —Estaba jugando. Esperen aquí.

Flor tomó su mochila y la abrió. Regañó a Rafa —¿Qué te pasa?

—Me cuesta escuchar desde adentro de tu mochila, mija —dijo Rafa—, ¿dijiste que hoy es el 24 de octubre?

—Sí —dijo Flor.

—¡Dios mío! —gritó Rafa—. Sólo me quedan ocho días.

—La Noche de Brujas no es hasta dentro de siete días —corrigió Lupita.

—No me refiero a la Noche de Brujas —dijo Rafa—. El Día de los Muertos, ¿sabes?, el día en que se recuerdan a los seres queridos que han partido.

—¿Y? —preguntó Lupita—. ¿Qué importa eso?

Los ojos de Rafa la miraron desde adentro de la mochila y explicó. —Es mi época favorita del año. Toda la familia, mis tataranietos vienen y cantan y traen comida. Tengo que regresar a Guanajuato. Tengo que estar en el museo para entonces.

Flor miró a Lupita. Lupita le regresó la mirada y dijo —Olvídalo, Flor. Acabas de regresar. Además, no sabes ni cómo ir a Guanajuato.

—Sí sé —dijo Flor—. Te subes a un carro, manejas a Tijuana, te subes a un avión, vuelas a . . . a . . . Guadalajara y tu tío te lleva a Guanajuato.

—¡Sabía que podía contar contigo! —dijo Rafa.

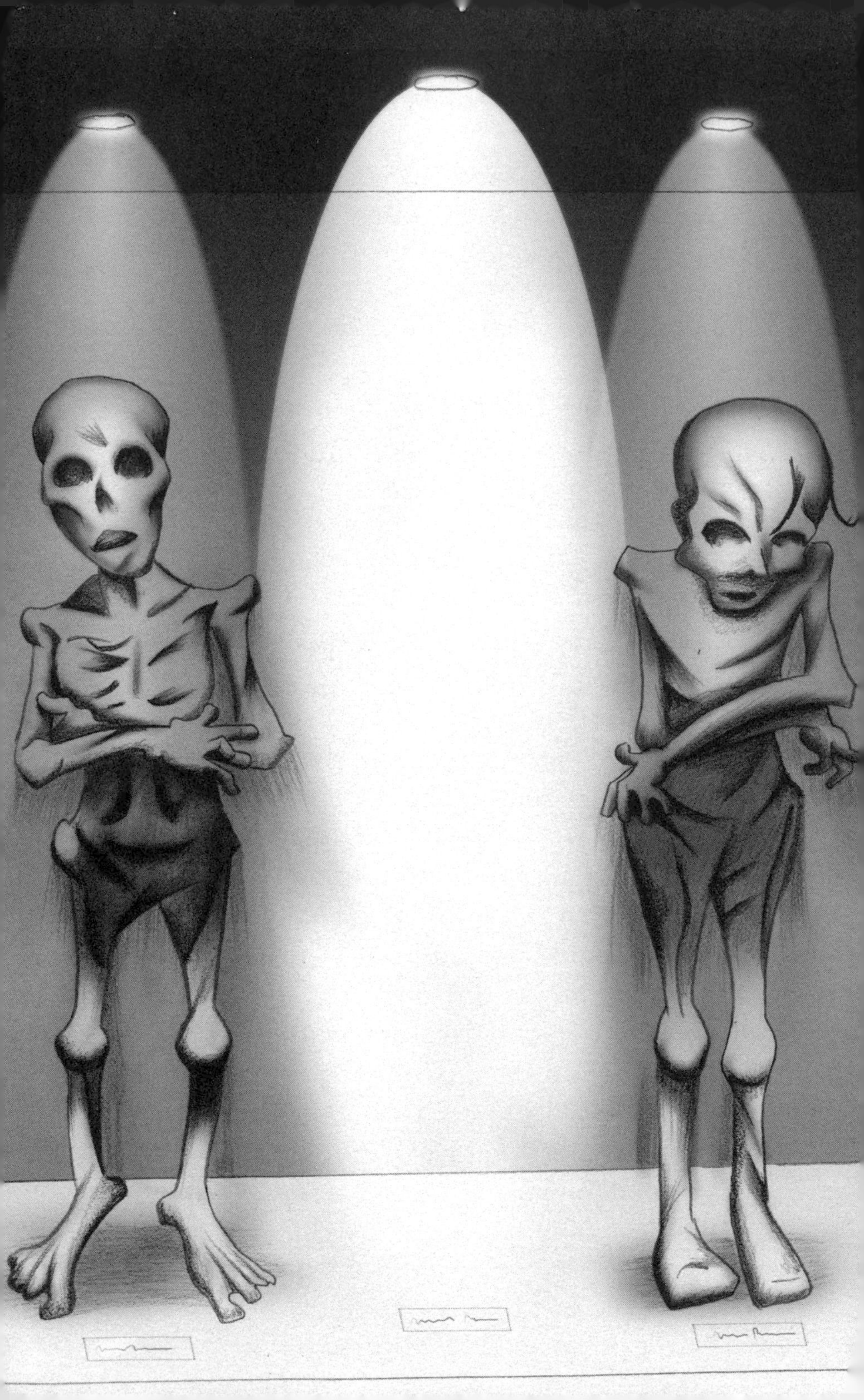

—¡Oye! —dijo Flor—. No dije que te llevaría. Sólo dije que sabía cómo llegar allí.

—Pero . . . —dijo Rafa.

—Lo averiguaré, Rafa —dijo Flor—. Pero primero tengo que irme a casa.

—Yo también —respondió Rafa.

Flor miró exasperada, cerró el zíper de la mochila, se la puso en la espalada y empezó a caminar. Caminó en silencio con Lupita. Después de unos cuantos pasos, escuchó un llanto.

—¿Qué pasa? —Flor le preguntó a Lupita.

Lupita se dio vuelta. —Nada —dijo.

Flor se detuvo y miró a Lupita. —¿No lloraste hace un ratito? —le preguntó a Flor.

—No —respondió Lupita.

Las niñas lo escucharon otra vez. Era Rafa. Flor se detuvo y abrió la mochila otra vez.

—¿Qué pasa? —preguntó.

—Lo siento, mija —dijo Rafa—. Pero, básicamente, no me divierto. Soy una momia. No hacemos nada más que estar en una vitrina todo el día. Sólo cuando vienen nuestros familiares para el Día de los Muertos es cuando me pasa algo bueno.

Flor podía ver que Rafa empezaba a sonreír al recordar ese día especial.

Continuó —¡Tendrías que ver lo colorido de las decoraciones! Hacen una calavera grande de azúcar con mi nombre, y grandes panes que llaman "pan de muerto". Hasta preparan una bebida de maíz que llaman "atole", y ¡a mí me encanta el atole! Sé que no lo puedo tomar, pero es divertido saber que alguien aún me recuerda. Tengo que estar en el museo para ese día. Pensé que, básicamente, venir aquí contigo, a los Estados Unidos sería divertido, y sí lo fue, hasta que me dijiste el día que era. Lo siento por haber llorado así. No quería mojar tu tarea.

Flor suspiró. —No te preocupes —le dijo a Rafa—. Mi familia medio celebra el Día de los Muertos aquí. Mi tatarabuela está sepultada en Guanajuato. Ponemos su foto en la sala con flores y dulces. Podríamos hacer eso para ti.

Rafa lo pensó. —Pero me tendría que quedar adentro de tu mochila —dijo, gimoteando—. No voy a ver las velas ni voy a poder oler el pan dulce. No voy a escuchar las canciones. No podré ver las flores. Yo . . . yo . . . —Empezó a llorar otra vez.

Flor miró a Lupita.

Lupita fulminó a Flor con la mirada.

Flor dijo —¡Tenemos que hacer algo! ¡Está llorando! —Ella se asomó en la mochila—. No te preocupes, Rafa —le prometió—, te vamos a llevar a tu casa.

—Gracias —gimoteó Rafa. Flor cerró el zíper de su mochila.

Mientras caminaban, Lupita discutió —¿Por qué dijiste eso? No podemos ir a México solas. Ni siquiera tenemos dinero.

—Ya lo sé, Lupita —dijo Flor—. No tenemos que ir, pero podemos encontrar la forma de que Rafa llegué allí.

Lupita se detuvo y tomó a Flor por el brazo.
—¡Oye! —dijo—. Tal vez otro niño vaya a Guanajuato pronto y pueda llevar a Rafa por ti.

Flor la miró enojada. —¿A quién conocemos que vaya a Guanajuato esta semana?

—No sé —dijo Lupita—. Podríamos preguntar.

—¿Y qué les vamos a decir? —preguntó Flor—, "Oye, ¿te puedes llevar a esta momia al museo?" ¿Qué dirían?

—¡Lo siento! —gritó Lupita—. Estoy tratando de ayudar. —Lupita se alejó de Flor, mirando hacia el frente, y se unió a los niños.

Flor corrió para alcanzarlos, pero no supo qué más decir, así es que caminaron en silencio. Cuando al final llegaron a la casa de Lupita, Lupita trató de cambiar el tema.

—Mi mamá me dijo que hoy podría usar la Internet —Lupita presumió. Sabía que Flor no tenía computadora.

—Hasta luego —fue todo lo que Flor dijo, y dejó a Lupita en la cerca de su casa.

Flor caminó unos pasos, se detuvo y volteó hacia Lupita. —¿Vas a entrar a la Internet esta noche? —preguntó.

—Sí —respondió Lupita con cautela.

—¿Crees que puedas buscar el museo de las momias en la Internet?

—No sé —respondió Lupita—. Lo puedo intentar.

—¿Crees que podría venir? —Flor preguntó con una pequeña sonrisa.

—¡Claro! —dijo Lupita, regresándole la sonrisa—. Así mi mamá no sospechará si estamos viendo el museo. Pero cómo lo llevaremos de regreso.

Justo en eso, un hombre pasó entre las niñas. —Permiso —dijo.

Las niñas lo miraron. Era el cartero, traía el correo. Flor y Lupita se miraron la una a la otra. —¡Lo mandaremos por correo! —dijeron al mismo tiempo.

—Te llamaré después de la cena —dijo Flor—. Gracias, Lupita. —Las niñas se abrazaron.

Flor caminó a casa con un poco más de esperanza para su nuevo amigo. De pronto sintió un jalón en su mochila. —Párale, Rafa —dijo—. Ya casi llegamos a casa. Ahí te voy a sacar.

—¿Quién es Rafa? —La voz no era de Rafa.

Flor volteó rápidamente. Era Sandra.

—¿Y qué tienes en tu mochila?

—Qué te importa —dijo Flor. Luego agregó— ¿ya hiciste la tarea o te gusta que te castiguen?

Sandra hizo un puño con la mano, pero se contuvo. —¿Quién estaba en el cuarto contigo durante el recreo? ¿Y qué estabas haciendo en el baño?

—Lo que hacen las personas que han aprendido a ir al baño, pero ¡no lo entenderías tú, metiche! —respondió Flor. Sintió otro jalón en la mochila. Se dio media vuelta y vio al hermanito de Sandra.

—¡Ya la abrí! —le gritó a Sandra.

Flor sintió que la mano de Sandra entró en su mochila. Luego Sandra gritó. —¡Aaah! ¡Algo me agarró la mano! ¿Qué tienes adentro?

Flor volteó la mochila hacia el frente y cerró el zíper. Dio dos pasos hacia atrás y miró a Sandra y a su hermano. —¡Es una momia! Fue devuelta a la vida con magia. La momia está bajo mi poder y atacará a cualquier persona que me ataque a mí. ¡Ahí está! Ya lo sabes, y vale más que me dejes en paz o . . . —No terminó la oración. Sandra y su hermano se alejaron corriendo. Volteó hacia Adrián que la estaba mirando sorprendido.

Flor le sonrió. Pensó con rapidez, y le dijo —Buen truco, ¿verdad? Parece que los asustamos.

Adrián asintió con la cabeza pero parecía sobresaltado.

Flor abrió su mochila. —Sólo estaba jugando. —Sacó un cuaderno—. Lo único que tengo en mi mochila es tarea, como tú.

Adrián empezó a sonreír.

Flor agregó —¿Qué te dejaron de tarea?

—Nada.

Flor movió la cabeza. —Tienes tarea todos los días, como yo. ¿Qué tienes que hacer? Te toca a ti abrir la mochila.

Adrián abrió su mochila y sacó unas hojas arrugadas. Flor lo tomó de la mano. Mientras caminaban ella revisaba las hojas. —¡Oye! ¡La próxima semana tienes tu paseo!

—Sí —dijo Adrián—. Ya quiero que sea. —Empezó a hablar sobre el viaje y sus amigos, y Flor sonrió. Adrián ya se había olvidado de su mochila.

Cuando llegaron a casa, Adrián entró corriendo, pero Flor entró calladita. No estaba segura sobre cómo decirle a su mamá lo de Rafa, y no quería preocuparla. En la sala, su hermanito, Benjamín, estaba jugando con sus figuritas de acción mientras su mamá veía la tele. Adrián dejó caer su mochila y corrió a jugar con Benjamín.

—¿Eres tú, mija? —gritó la mamá de Flor.

—Sí, Mami —respondió Flor. Entró derechito a su recámara y puso la mochila en el suelo con mucho cuidado—. Espérame en el clóset, Rafa. Te puedes salir, pero quédate en el clóset. Escóndete si se abre la puerta.

—Perfecto —respondió Rafa desde adentro de la mochila de Flor—. Gracias.

Flor usualmente le daba un beso a su mamá en cuanto entraba, así es que su mamá se preocupó cuando Flor no fue a la sala. La mamá de Flor se levantó y caminó por el pasillo.

—¿Estás bien, mija? —preguntó la mamá de Flor. Después escuchó los susurros—. ¿Con quién estás hablando?

—Estoy hablando sola—respondió Flor. Cerró la puerta del clóset y salió de la habitación—. Sólo estoy contenta de estar en casa. —Abrazó a su mamá por la cintura.

—Ay, mija —dijo su mamá, besando a su hija—.
—¿Cómo estuvo tu día?

—Bien —dijo Flor—. ¿Puedo ir a la casa de Lupita más tarde? Va a usar su computadora.

—Sí, mija. Después de la cena y después de que me ayudes a recoger —dijo su mamá—. Y pronto, tú también vas a tener una computadora.

—Gracias —dijo Flor. Caminaron a la cocina donde unas albóndigas hervían en una olla grande. Flor empezó a poner la mesa. Le preguntó a su mamá —¿Te acuerdas del museo de las momias?

Su mamá volteó y sonrió. —Por supuesto. Te dio tanto miedo que no me soltaste del brazo todo el tiempo. Sólo me soltaste cuando Benjamín te pidió que lo cargaras. ¡Y casi dejas olvidada la mochila! ¡Qué día!

Flor sonrió, y luego preguntó —¿Me puedes contar de las momias?

—¿Las momias? —dijo su mamá—. ¿Y por qué tienes tanta curiosidad sobre las momias? Ni siquiera te gustó el museo.

—Por favor —dijo Flor.

—Pues, bien —dijo su mamá—. Vamos a la sala otra vez.

Flor descansó la cabeza sobre el regazo de su mamá. En la tele, un partido de fútbol había empezado pero Flor y su mamá no lo estaban viendo. Su mamá le estaba acariciando el cabello, y empezó a hablar. —Yo nací en Guanajuato. Para mí, es el lugar más bello del mundo. ¿Te acuerdas lo lindo que se veía desde la cima de las montañas cuando nos paseamos en el tranvía?

Flor asintió. Recordaba que se sentía como un pájaro, volando por encima del pueblo. Luego, parada en la cima de las montañas, viendo los edificios de colores, pensó que eran como casas de muñecas, amarillas, naranjas y rosadas con techos de teja roja.

Su mamá le contó del cementerio de Santa Paula, que no era como los cementerios aquí. La mayoría de las tumbas estaban encima de la tierra, apiladas bien alto. —Cuando era niña —su mamá le dijo— Las momias no estaban en vitrinas. Estaban al aire libre. Te podías acercar mucho, pero siempre nos tapábamos la boca con un pañuelo —suspiró—. Tus tatarabuelos y sus papás están sepultados allí. Es un lugar bellísimo.

Flor tomó la mano de su mamá y la besó.

Más tarde, Flor regresó a su habitación, cerró la puerta y llamó a Rafa. —Está bien, Rafa. Soy yo. —Abrió la puerta del clóset con cuidado—. Tuvo que suprimir el sentimiento espeluznante que experimentó cuando vio a la pequeña momia en su clóset.

—Hola —dijo Rafa.

Flor sonrió. —¿Dónde te voy a esconder?

—Básicamente, estoy bien aquí —dijo Rafa.

Flor movió la cabeza. —Yo no estoy bien. Métete en mi mochila y veré dónde te voy a poner en la noche. —Rafa se metió otra vez y luego estiró la huesuda mano—. Aquí está tu cuaderno y tu tarea.

—Gracias —respondió Flor. Tendría que encargarse de eso después.

Sacó la mochila y sin hacer ruido salió al patio. No quería dejar a Rafa afuera, así es que se metió al garaje. Caminó entre las herramientas, la podadora y tres bicicletas. Finalmente, encontró una caja con sus patines rotos, muñecas viejas y monitos que sus hermanos habían destruido. Levantó la mochila y dijo —Te puedes quedar en esta caja. Puedes salir y explorar el garaje, pero no hagas ruido, y métete en la mochila en la mañana. Vendré por ti antes de ir a la escuela.

Rafa asintió —Mmmm. Este lugar se ve muy interesante. Estos monitos tienen muchos músculos.

Flor se rio —Son súper héroes, muñecas para niños.

Rafa tocó el brazo de uno de los monitos, y luego su brazo flaco de momia. Después movió la cabeza.

—No te preocupes —sonrió Flor—. Eres perfecto para ser una momia.

—Gracias —dijo Rafa—. Estaba pensando lo mismo.

—Ya me tengo que ir —dijo Flor—. Buenas noches.

—Buenas noches —respondió Rafa.

Esa noche en la casa de Lupita, Flor y Lupita se sentaron frente a la computadora. Lupita hizo clic al Internet.

Lupita y Flor sabían cómo investigar en la red. Lo habían hecho en la escuela muchas veces para sus reportes de investigación. Flor le dijo a Lupita que escribiera "museo de las momias de Guanajuato".

¡Funcionó! ¡Encontraron el sitio del museo!

—Busca la dirección —Flor le dijo a Lupita.

La encontraron y la escribieron. Después fueron al sitio del correo. Imprimieron las instrucciones para enviar paquetes a Guanajuato.

—Esto es perfecto —dijo Lupita.

—Y fácil —agregó Flor.

Pero todo resultó ser más difícil de lo que pensaban.

A la mañana siguiente, Flor se levantó temprano y se vistió para la escuela.

—Buenos días, Rafa —susurró al abrir la puerta del garaje. Pero nadie respondió. Fue a la esquina donde estaba la caja de Rafa, y ¡no estaba! *Tal vez no la dejé ahí,* pensó. *Tal vez está detrás de las bicis.* Su corazón latió fuerte mientras movía las bicis, pero no encontró la caja. Buscó por todo el garaje hasta que su mamá la llamó para que desayunara.

Flor entró y se sentó a la mesa.

—¿Qué pasa, mija? —preguntó su mamá—. ¿Te sientes mal?

Flor movió la cabeza. —Es que . . . ¿Qué le pasó a la caja que estaba en el garaje? La que tenía mis patines rotos y las muñecas viejas.

—Ah, esa caja —dijo la mamá de Flor—. Le dije a tu papá que la llevara al basurero cuando fuera al trabajo. Tendría que haberlo hecho hace mucho tiempo.

Flor se levantó y corrió afuera para ver si ya se había ido su papá. ¡La troca no estaba! Triste, entró a la casa.

Su mamá la miró confundida. —¿Qué pasó? —Luego sonrió— ¡Ah! No te preocupes. Papá sacó tus patines. ¿Por qué estaban en la caja? No estaban rotos.

Flor miró a su mamá. Estaba señalando los patines en la sala.

Flor no quería discutir con su mamá, pero estaba segura que una de las ruedas en el patín izquierdo estaba suelta. Su mamá le sirvió un plato con huevos, pero Flor no levantó la cabeza.

—¿Estás segura que no estás enferma? —preguntó.

Flor sacudió la cabeza. Su mamá suspiró. Adrián entró, se sentó y empezó a comer.

—Flor —dijo. Flor no respondió—. ¡Flor! —dijo otra vez. Y, otra vez, Flor no levantó la cabeza. Al final, le preguntó —¿Por qué pusiste tu mochila cerca de mi puerta?

Flor levantó la vista.

Adrián volvió a decir —¿Por qué pusiste tu mochila cerca de mi puerta?

Flor respondió —No lo hice . . .

Su mamá los interrumpió —¡Ah! Tu papá debe haberla dejado ahí. Pensé que la había dejado cerca de tus patines. Supongo que tuvo que salir corriendo y la dejó cerca de tu puerta, Adrián, en lugar de la de tu hermana.

Flor corrió a la habitación de Adrián. Allí, recargada contra la pared estaba su mochila. La levantó, corrió a su recámara, cerró la puerta y la abrió.

—Buenos días —dijo Rafa, asomándose.

Flor suspiró de alivio. —Buenos días —le respondió—. Estaba preocupada por ti.

Rafa se levantó. —Ah, estoy bien. Ese cuarto es enorme. ¡Y hay tantas herramientas! Esas botas con llantas son bien interesantes. Espero que no te moleste, pero le puse la cuarta llanta. Creo que lo hice bien.

—Eso fue lo que le pasó a mis patines —dijo Flor. Luego le sonrió a Rafa—. Gracias por arreglarlos.

—De nada —respondió—. ¿Vamos de vuelta a la escuela?

—Sí —dijo Flor. Luego le sonaron las tripas—. Pero primero voy a desayunar algo. —Se detuvo, y agregó— ¿Te traigo algo?

Rafa sonrió. —No. Estoy bien. No he tenido hambre desde hace cien años.

Flor rio, y regresó a la mesa para desayunar.

Se sentía segura mientras caminaba a la escuela. En el camino vio a Sandra, pero Sandra estaba muy adolorida con la caída y tenía demasiado miedo como para molestarla. Rafa se quedó quieto en la mochila. En cuanto llegó a la escuela, Flor buscó a Lupita y juntas fueron con el señor García que estaba tirando la basura del desayuno en el contenedor, pan francés aguado.

—¿Nos puede dar una caja? —preguntó Flor.

—Por supuesto —dijo—. ¿De qué tamaño?

Flor levantó la mochila —¿De este tamaño?

—No hay problema —respondió—. ¿La quieres ahora o después de clases?

—Bueno —dijo Flor—, necesitamos más ayuda.

—¿Tiene que ver con Rafa? —preguntó.

Flor miró al suelo. Bajó los hombros. —Rafa tiene que regresar a su casa.

—¿A su casa? —preguntó el señor García.

—Tiene que estar allí para el Día de los Muertos —agregó Lupita.

—¡Caramba! —dijo el señor García, hablándole a la mochila—. No tienes mucho tiempo. ¿Eso no será en . . . ? Oigan, ¿cómo lo van a hacer?

Después lo comprendió. Miró a Flor.

—Así es que para eso necesitas la caja.

—Sí —dijo Flor—. Pero necesitamos más de su ayuda. Necesitamos que usted lo mandé a Guanajuato hoy.

—¿Qué? —dijo.

—¿Lo podría mandar por correo por nosotras? —le pidió Flor.

—Ni siquiera saben cuánto cuesta mandar algo por correo . . . digo, mandar a alguien tan lejos —alegó.

—Sí, sí sabemos —interrumpió Lupita—. Ayer lo averiguamos en la red.

—Aquí lo tenemos —continuó, sacando una hoja de papel de su mochila—. De acuerdo al sitio del correo podemos enviar a Rafa a México usando el servicio Express global sin documentación por sesenta y siete dólares y veinte centavos sin seguro. Lo siento, Rafa.

—No te preocupes —dijo Rafa—. Estoy ansioso por regresar a casa.

—¡Sesenta y siete dólares! —exclamó el señor García—. Yo no tengo dinero para eso.

—Y veinte centavos —agregó Rafa con una sonrisa.

—Mejor métete en mi mochila, Rafa —dijo Flor—. Te puede ver alguien.

Rafa le sonrió a Flor y obedientemente se metió en la mochila. Luego Flor se volteó hacia el señor García.

—Lupita y yo tenemos cuarenta dólares, veinte cada una, que hemos ahorrado de nuestros cumpleaños. Le podemos pagar los otros veintisiete bien rápido.

—Y veinte centavos —agregó el señor García.

—Ah, tenemos veinte centavos —dijo Lupita, tenía dos monedas de diez centavos en la mano.

—Muy bien —le dijo—. ¿Y qué es lo que tenemos que hacer?

En ese momento sonó el timbre. Lupita corrió a su salón.

—Tenemos que irnos —dijo Flor—. Lo buscaremos durante el recreo.

En cuanto llegaron todos los niños al salón, la señorita King, como siempre, recogió la tarea. Flor, como siempre, ya tenía la suya lista para entregar. Cuando la señorita King llegó al escritorio de Sandra, preguntó —¿Qué te pasa, Sandra?

Sandra, que tenía la cabeza agachada, respondió —Intenté hacer la tarea. Pero se me hizo tan difícil, y la cabeza me dolía tanto por lo que me pasó ayer. Lo intenté, Señorita King. Lo intenté. —Y lloró más fuerte que antes.

La señorita King suspiró —No te preocupes, Sandra. Ya veremos qué hacer.

Sandra miró a su maestra. —¿Me puede ayudar Flor durante el receso? Me ayudó tanto ayer cuando me lastimé. Y es tan buena con las matemáticas.

—Me parece buena idea, Sandra —dijo la señorita King. Luego se volteó hacia Flor—. Flor, me gustaría que le ayudaras a Sandra con la tarea de matemáticas durante el recreo.

¿Qué podía hacer Flor? No podía decir, *Lo siento, Señorita King, tengo que ayudarle a una momia a regresar a México* —. Está bien —contestó entredientes, observando su escritorio.

Durante el recreo, la señorita King dijo— Tengo guardia en el patio otra vez. Sandra, tienes suficiente tiempo para terminar los primeros diez problemas. Gracias por ayudar, Flor. Lupita, sal, por favor.

Cuando se cerró la puerta, Flor dijo —Bien, Sandra, saca tu libro.

Sandra se levantó y se sentó al lado de Flor. —Supongo que hoy no puedes ir a ver al conserje, ¿verdad? Ni modo.

Algo adentro de Flor se apretó. ¡Qué tramposa! Trató de mantener la calma.

—No sé de qué estás hablando —dijo Flor—. Vale más que nos apuremos si quieres terminar la tarea.

Sandra sacó un lápiz y lo tiró al suelo. Mientras lo levantaba, tiró la mochila de Flor.

—¡Ay! —dijo Rafa.

Sandra saltó. —¡Sí tienes algo adentro! —gritó, se paró y se alejó del pupitre.

Flor levantó rápidamente la mochila y la colgó en su silla. —¡Ya te dije lo de la momia! —dijo, fulminando a Sandra con la mirada—. Deja mi mochila en paz, o . . . —se calmó y encontró la forma de atacar a Sandra—. Vale más que acabes la tarea o le voy a decir a la señorita King que te pusiste a jugar, y sabes que a mí me lo cree todo.

Sandra se volvió a sentar, pero lejos de Flor. —Bien. Entonces ¿cuáles son las respuestas? —dijo.

Flor revisó los problemas. —El número uno es cuarenta y siete. El número dos es quince y quedan dos.

Sandra anotó las respuestas. Sonó la campana justo cuando estaba terminando.

La señorita King entró al salón, y preguntó —¿Ya acabaron, Sandra?

Sandra le entregó el trabajo a la señorita King. La maestra frunció el ceño. Flor le tocó el brazo.

—No quiso hacer caso —dijo Flor—. Sólo quería las respuestas. Así es que le di las respuestas equivocadas.

—¡Pero Señorita King! —gritó Sandra—. ¡Flor tiene una momia en su mochila!

Flor se quedó inmóvil un segundo. ¿Qué podía decir? ¿Cómo reaccionaría la señorita King? Luego la clase retumbó con las risas.

—Sí, cómo no —dijo Matt.

—¡Una momia! —agregó Jason—. Yo tengo un zombi en la mía. ¿Lo quieres ver? —Levantó su mochila.

Los chicos empezaron a caminar alrededor del salón como zombis. De un momento a otro, todos los estudiantes, excepto Flor y Sandra, estaban caminando como zombis. Hasta Lupita entró en el juego.

—¡Siéntense todos ya!, si no ¡ustedes, los zombis, estarán castigados después de clases! —ordenó la señorita King.

Todos se sentaron. La señorita King miró a Sandra enojada, movió la cabeza y dijo —Estás castigada durante el almuerzo. Tendrás que hacer tu tarea, y está vez bien hecha. No vuelvas a molestar a tus compañeros con tus historias locas.

Aliviada, Flor se sentó. Lupita le pegó con el codo, y Flor se encogió de hombros.

Más tarde, el señor García llamó de la oficina y consiguió permiso para que las niñas se quedaran a ayudarle después del almuerzo para "limpiar" la cafetería.

Lo que hicieron fue conseguirle una caja a Rafa. Usaron una caja vacía del papel de la fotocopiadora, cinta adhesiva y papel blanco para envolverla. Flor escribió una carta en español para el museo. Esto es lo que decía:

> *Me encontré a esta momia, Rafael Rigoberto Pérez Hernández, en mi mochila cuando llegué a casa después de mi visita al museo, y ahora se la regreso. No ha sido dañada en ninguna forma. Espero que la puedan volver a su lugar para que pueda disfrutar del Día de los Muertos. Me gustó mucho su museo y espero volver algún día.*
>
> *Sinceramente,*
> *Flor Moreno*

Cuando todo estuvo listo, el señor García volteó a mirar a Rafa —Ya es hora de entrar, hombre.

—Muchas gracias por todo —dijo, estrechándole la mano. El señor García no sonrió, pero le estrechó la mano de todos modos.

—Adiós, Rafa —dijo Lupita.

—Gracias —dijo Rafa. Extendió la mano.

Lupita mantuvo las manos detrás de su espalda; no quería estrechar la mano de una momia, aunque fuera de una buena como Rafa. Luego volteó a mirar a Flor —Eres tan maravillosa. Estoy contento de haberte conocido. Gracias por enseñarme parte de los Estados Unidos, pero en especial gracias por tener un corazón tan lindo.

—Cuídate mucho —dijo Flor y abrazó a la pequeña momia—. Mi mamá dice que a lo mejor volvemos a Guanajuato el año que entra. Quizás nos veamos entonces.

—Eso espero —dijo sonriendo.

Luego Flor le sujetó la carta con un seguro en la camisa. La pequeña momia se metió a la caja y el señor García la cerró, le puso cinta adhesiva y la envolvió siguiendo las instrucciones que las niñas le imprimieron. Les explicó a las niñas que el correo no cerraba hasta las 5:00 y que él salía a las 3:30. Que no le sería difícil mandar a Rafa. Lupita y Flor le dieron los cuarenta dólares y veinte centavos. No quería recibir el dinero, pero él no disponía de sesenta y siete dólares. Sin embargo, sí tenía los veinte centavos, así es que dejó que las niñas se quedaran con las dos monedas de diez.

Flor no durmió bien las siguientes noches. Se preguntaba si Rafa estaba bien, y si había llegado a Guanajuato a tiempo. Cada mañana, cuando Lupita y Flor le daban los buenos días al señor García, éste les preguntaba —¿Supieron algo?

—No, todavía no —respondía Flor. Los tres estaban nerviosos por Rafa. Querían estar seguros de que había llegado bien.

Flor y su familia pasaron las tardes decorando su casa para el Día de los Muertos. Le quitaron las cosas a un librero, lo cubrieron con tela roja y colocaron fotografías de los tatarabuelos. Al lado de las fotos pusieron floreros y velas blancas.

Flor y Lupita decidieron contarles a sus mamás lo que había pasado inmediatamente después de que mandaron a Rafa por correo. Fue muy raro porque sus mamás no se enojaron mucho. De hecho, la mamá de Flor llamó a su hermano en Guanajuato a la mañana siguiente para que fuera al museo a confirmar si Rafa había llegado bien.

Rafa había llegado ¡justo un día antes de la celebración! Todos estaban contentos por él.

Cuando llegó el Día de los Muertos, Flor le llevó pan de muerto al señor García, estaba recién hecho. Lupita llevó calaveras de azúcar que su tía había hecho.

Ese día, cuando Flor llegó a casa, su mamá estaba sentada frente al altar que habían armado. Esta viendo un viejo álbum de fotos. Le enseñó a Flor todas las fotos de su papá, de su mamá, de su abuelo —el tatarabuelo de Flor— y de su tatarabuela.

Flor notó lo serio que estaban todos en las fotos, todos menos el niño parado en un lado de la foto. Tenía una pequeña sonrisa en sus labios y un brillo travieso en los ojos.

—¿Quién es él? —le preguntó a su mamá.

—Ese —dijo la mamá de Flor— es tu tataratío Rafael. Mi abuela decía que era un travieso.

Flor inmediatamente reconoció la cara.

La mamá de Flor le tomó la mano a su hija.

—Supongo que sigue siendo un travieso —dijo sonriendo.

Flor le llevó la foto al señor García a la escuela. ¡Por poco y se desmaya! ¡Quién se iba a imaginar que eso fuera posible! Pero realmente pasó.

Después de ese día, cada vez que la mamá de Flor hacía empanadas de calabaza le mandaba unas cuantas al señor García. La mamá de Lupita hasta le mandó tamales para la Navidad. Las mamás trataron de pagarle los 27 dólares, pero él no los aceptó. De hecho, jamás le contó esto a nadie, pero cuando llegó la Navidad les dio a Lupita y a Flor una tarjeta con veinte dólares a cada una. Y cada Día de los Muertos, mientras las niñas cursaban la primaria, se juntaban, comían pan dulce y tomaban chocolate caliente, y recordaban a Rafa, la pequeña momia.

También por James Luna

The Runaway Piggy / El cochinito fugitivo

Más libros Piñata bilingües

Upside Down and Backwards
De cabeza y al revés
Diane Gonzales Bertrand
Spanish translation by Karina Hernández
2004, 112 pages, Trade Paperback
ISBN: 978-1-55885-408-6, $9.95, Ages 8-12
Special Recognition, 2005 Paterson Prize for Books for Young People

Animal Jamboree: Latino Folktales
La fiesta de los animales: leyendas latinas
Judith Ortiz Cofer
Spanish translation by Natalia Rosales-Yeomans
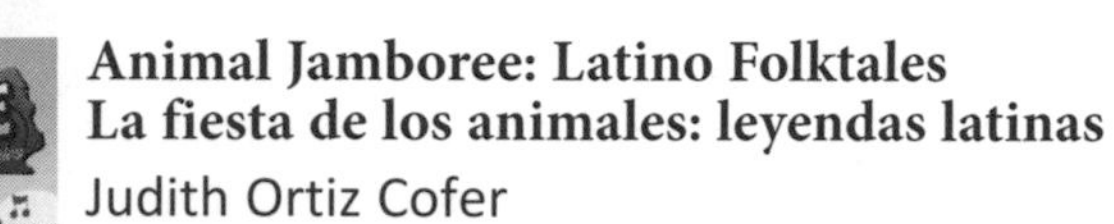
2012, 80 pages, Trade Paperback
ISBN: 978-1-55885-743-8, $9.95, Ages 8-12
A bilingual collection of Puerto Rican folktales re-told by acclaimed author Judith Ortiz Cofer

The Monster in the Mattress and Other Stories
El monstruo en el colchón y otros cuentos
Diane de Anda
Spanish translation by Josué Gutiérrez-González
2011, 112 pages, Trade Paperback
ISBN: 978-1-55885-693-6, $9.95, Ages 6-9
Finalist, 2012 Latino Book Award

Mi sueño de América / My American Dream
Juliana Gallegos
English translation by Georgina Baeza
2007, 64 pages, Trade Paperback
ISBN: 978-1-55885-534-2, $9.95, Ages 8-12
Winner, 2008 Int'l Latino Book Award—Best Young Adult Nonfiction-Bilingual

Kid Cyclone Fights the Devil and Other Stories
Kid Ciclón se enfrenta a El Diablo y otras historias
Xavier Garza
Spanish translation by Gabriela Baeza Ventura
2010, 184 pages, Trade Paperback
ISBN: 978-1-55885-599-1, $10.95, Ages 8-12
Named to the 2011-2012 Tejas Star Book Award List

More Bilingual Piñata Books

Upside Down and Backwards
De cabeza y al revés
Diane Gonzales Bertrand
Spanish translation by Karina Hernández
2004, 112 pages, Trade Paperback
ISBN: 978-1-55885-408-6, $9.95, Ages 8-12
Special Recognition, 2005 Paterson Prize for Books for Young People

Animal Jamboree: Latino Folktales
La fiesta de los animales: leyendas latinas
Judith Ortiz Cofer
Spanish translation by Natalia Rosales-Yeomans
2012, 80 pages, Trade Paperback
ISBN: 978-1-55885-743-8, $9.95, Ages 8-12
A bilingual collection of Puerto Rican folktales re-told by acclaimed author Judith Ortiz Cofer

The Monster in the Mattress and Other Stories
El monstruo en el colchón y otros cuentos
Diane de Anda
Spanish translation by Josué Gutiérrez-González
2011, 112 pages, Trade Paperback
ISBN: 978-1-55885-693-6, $9.95, Ages 6-9
Finalist, 2012 Latino Book Award

Mi sueño de América / My American Dream
Juliana Gallegos
English translation by Georgina Baeza
2007, 64 pages, Trade Paperback
ISBN: 978-1-55885-534-2, $9.95, Ages 8-12
Winner, 2008 Int'l Latino Book Award—Best Young Adult Nonfiction-Bilingual

Kid Cyclone Fights the Devil and Other Stories
Kid Ciclón se enfrenta a El Diablo y otras historias
Xavier Garza
Spanish translation by Gabriela Baeza Ventura
2010, 184 pages, Trade Paperback
ISBN: 978-1-55885-599-1, $10.95, Ages 8-12
Named to the 2011-2012 Tejas Star Book Award List

Also by James Luna

The Runaway Piggy / El cochinito fugitivo

A Mummy in Her Backpack

James Luna

Spanish translation by Gabriela Baeza Ventura

PIÑATA BOOKS
ARTE PÚBLICO PRESS
HOUSTON, TEXAS

A Mummy in Her Backpack / Una momia en su mochila is made possible through a grant from the City of Houston through the Houston Arts Alliance.

Piñata Books are full of surprises!

Piñata Books
An imprint of
Arte Público Press
University of Houston
4902 Gulf Fwy, Bldg 19, Rm 100
Houston, Texas 77204-2004

Cover design by Mora Des!gn Group
Cover illustration by Ted Dawson and Mora Des!gn Group
Inside illustrations by Ted Dawson and Giovanni Mora

Luna, James (James G.), 1962-
A Mummy in Her Backpack / by James Luna; Spanish translation by Gabriela Baeza Ventura = Una momia en su mochila / por James Luna; traducción al español de Gabriela Baeza Ventura.
p. cm.
Summary: Flor returns to school from a vacation in Mexico, only to find she brought back a small man with dark yellow skin and thin, stringy hair, who emerges from her backpack and introduces himself as Rafa, a mummy from the famous museum in Guanajuato.
ISBN 978-1-55885-756-8 (alk. paper)
[1. Mummies—Fiction. 2. Mexican Americans—Fiction. 3. Spanish language materials—Bilingual.] I. Ventura, Gabriela Baeza. II. Title. III. Title: Momia en su mochila.
PZ73.L86 2012
[Fic]—dc23
2012026030
CIP

♾ The paper used in this publication meets the requirements of the American National Standard for Information Sciences—Permanence of Paper for Printed Library Materials, ANSI Z39.48-1984.

Printed in the United States of America
September 2012–November 2012
Versa Press, Inc., East Peoria, IL
12 11 10 9 8 7 6 5 4 3 2 1

To Brenda who went on a trip and brought me an idea.

To Flor who let me borrow her name.

To my students who inspire me every day.

"It'll be okay," Flor said to her little brother, Adrian, as she walked him to his first-grade class. After being out for two weeks, Adrian was a little scared about going back to school. "See? There's Gabriel," she said, pointing to a boy walking with his sister. Adrian ran up to Gabriel, and together they went into the classroom. Flor walked up to the girl, her best friend, Lupita.

"Finally!" Lupita said when she saw Flor. "When did you get back?"

Flor tucked her long brown hair behind her right ear. "Last night," she answered. "Super late. We were so tired that I fell asleep on the ride from the airport. My mom said that I could stay home an extra day, but I wanted to get back to school."

Lupita shook her head and wagged her finger at Flor, "You can't be absent for two weeks again! I had no one to play with, and Sandra is so annoying!"

"Promise," Flor said, laughing. She reached into one of the side pouches of her backpack. "I brought you this." She handed Lupita a cloth bookmark with

a rainbow design and the word "Guanajuato" woven in white over the colors. "I got one for myself too, so we can use them when we read."

"Thanks!" Lupita said.

The bell rang, and the girls walked to their class. As they entered the room, Lupita told Miss King, "Flor's back from her trip to Mexico."

"Welcome back to school, Flor," Miss King said. Flor smiled and sat down at her desk. "Did you have a nice trip?" Miss King asked.

"Yes," Flor answered. "I brought you something," she said as she reached into the other side of her backpack. She pulled out a small ceramic sun that also had the word "Guanajuato" in dark blue letters.

"Thank you." Miss King looked at the letters on the sun and tried to say it, "Ju won . . . Wanna toe . . . Oh! I'll never be able to say that."

Lupita giggled. Flor smiled. Her teacher couldn't say a lot of things in Spanish, but that was okay.

"It's good to have you back," Miss King said.

"It's good to be back," Flor answered. She and Lupita went to their desks, hung their backpacks on their chairs and compared their bookmarks. Slowly the other students in the fourth grade also took their seats while Miss King started taking roll.

"Class, please take out your homework," Miss King announced. Then, turning to Flor she added, "Flor, I hope you did the homework I sent with you for the two weeks you were gone."

"I bet she didn't," Sandra said.

Miss King turned to Sandra. "That wasn't very nice, Sandra. Oh, and now that Flor's back, I won't need you to help collect homework."

"But, Miss . . . " Sandra said.

"Thank you, Sandra," Miss King said. "You can sit down now."

Sandra glared at Flor as she went back to her desk. When the teacher wasn't looking, she made a fist at Flor.

Miss King asked Flor, "Will you be our homework collector again, after you give me your homework?"

Smiling, she nodded.

As the teacher walked down the rows of desks, Flor turned to her backpack and unzipped it. When she put her hand in the backpack she felt something cold and dry. She looked at the boys who sat behind her to see if they were playing a joke, but Jason and Matt were tying to explain to Miss King why they didn't have their homework. *I must have imagined it,* Flor thought. Slowly, she reached in again. Once more, she felt something cold. Pulling her hand out she tried to scream, but nothing came out. Flor stared at her backpack. It had now fallen on the floor and was moving on its own!

Wait, she thought. *It must be those dumb boys.* They always played tricks like that. She remembered how they had thrown paper balls into her backpack like it was a basketball hoop.

I'll show them, she thought. *I'll just open my backpack and show Miss King whatever those boys put in there.* Flor opened the backpack.

Two yellow eyes smiled back at her.

"Are we there yet?" A voice called from inside her backpack! Flor put her hand to her mouth. She wanted to scream, but nothing came out.

"Did we make it to *los Estados Unidos*?" the voice inside her backpack asked. "I thought I heard English."

Flor looked at Miss King, then at the kids around her to see if they heard the voice. Her classmates were searching their backpacks for their homework. Lupita was re-writing the numbers on her math pages so they looked perfect. Armando was explaining to Miss King how he lost his homework at soccer practice, and Sandra was copying answers off Miguel's paper.

Flor quickly zipped up her backpack. She walked quietly up to her teacher and whispered, "Can I go outside? I think I left my notebook on the playground."

"Okay," Miss King said. "But use the buddy system. Take someone with you."

"Can Lupita go with me?" Flor asked.

Miss King agreed, so Flor got her backpack and dragged Lupita outside.

Flor led Lupita between two classrooms. Lupita protested, "Why are we outside? What did you lose? I walked with you to class, and you didn't even take anything out of your backpack before the bell rang."

"Be quiet, Lupita!" Flor said. "I want you to look in my backpack for me."

"Why?" Lupita asked.

"I think there's something in there," Flor said. "Something talked to me. It had yellow eyes."

"Then *you* look," Lupita said, backing away. "It's *your* backpack."

"Okay, but can you look with me?" Flor slowly unzipped her backpack. The two girls cautiously peeked in. The yellow eyes stared back at them.

"Who's your *amiga,* Flor?" the voice said. The girls screamed and dropped the backpack." *¡Ay!*" the voice yelled. "What did you do that for?"

"Who's in there?" Flor asked trying to sound brave.

The voice answered, "My name's Rafael, but everyone just calls me Rafa. Do you remember me? I saw you in the museum in Guanajuato."

"No," Flor answered. "Who are you?"

"And what are you doing in her backpack?" Lupita added, with her hands on her hips.

The backpack moved back and forth.

"Well, it's kind of hard to explain. Basically, I'm what you'd call a mummy."

"A mummy?" Flor asked.

Lupita hid behind her friend, "Run, Flor! That mummy's going to destroy the school!"

Rafa laughed. "I would never do such a thing! Flor, tell Lupita about the mummies."

"We already read a story about mummies, and I also saw a movie," Lupita said. "You're from Egypt.

You're a pharaoh, or some rich person. They took your guts out and . . . "

"Not quite," Rafa said. "Basically, we're, well . . . Flor, tell her about the museum already."

Flor turned and explained to Lupita, "The most famous museum in Guanajuato is the mummy museum, but not mummies from Egypt. It's full of mummies from Guanajuato. The people, when they bury them in the ground in Guanajuato, sometimes don't fall apart. The body stays together. So the city made this museum to show off the mummies. There are all kinds of mummies in glass cases. We went to see them when I . . . " She stared at her backpack, "You're a . . . How did you . . . "

"I can explain," Rafa answered. "But, before I do, can I get out of this backpack and stretch a little?"

Flor turned and looked at Lupita. Lupita had her eyes covered.

"Okay," Flor said. "But you better do it quickly, because someone might see you."

Flor stared as a worn cowboy hat slowly emerged from her backpack. Under the hat came a thin head with dark yellow skin. Flor scowled. Remembering her manners, she tried to hide her fear. Finally, Rafael stood up. He wasn't very tall. He wore a torn shirt, black pants and black leather boots. Thin and stringy hair curled out from under his hat. Large brown eyes twinkled with a smile as he looked at Flor. She felt her heart pounding, but she managed to smile back at the mummy with the weird face and

cowboy hat. Rafa turned his head to look at Lupita, who hid behind Flor.

"*Gracias,*" he said. "It feels good to stand up. I've been in that backpack for three days."

"Ew!" Lupita said again. "Flor, you've been carrying a mummy in your backpack?"

"No," Flor protested, then she turned to Rafa with a worried look, "Have I?"

Rafa nodded.

Flor asked, "How did you get in?"

"Well," Rafa began. "It's like this." The mummy folded his arms, put his head down and curled up into the backpack. "See?" he called from inside. "I fit perfectly. There's a lot of room in here."

"That's not what I meant," Flor said.

Rafa stood up again, "What did you . . . ?"

Suddenly, a boy ran out of a classroom. Lupita grabbed Flor's arm and said, "Flor, we better get back to class before someone sees us!"

"Oh, yeah," Flor said. "Rafa, what are we going to do with you?"

"Basically, I can stay in your backpack. I won't cause any trouble. I promise," Rafa reassured her.

"I don't know," Flor said.

Lupita interrupted, "Yeah, Rafa. Get back. We have to get to class before Miss King sends someone out to get us."

Rafa was folding himself back in Flor's backpack when she remembered her homework.

"Hey, Rafa, I need my homework!"

"*¡Ay, sí!*" Rafa said.

The girls heard the rustling of papers, and finally, they saw Rafa's dried hand holding out some wrinkled pages.

"Rafa, you messed up my homework!" Flor scolded.

"Phew! It smells funny, too!" Lupita said.

"Sorry, sweetie," Rafa apologized, "but I probably sat on it. Besides, I checked the math, and it looks right. That's if you still multiply the way we did a hundred and twenty years ago."

Flor zipped up her backpack, and the girls returned to class. Flor handed Miss King the papers shyly. The teacher looked at them and said, "Flor, what happened?"

"It's a long story, Miss King," Flor answered. "And I don't know the ending," she added, returning to her seat.

Before the teacher could say anything, Lorenzo yelled, "Ouch! Miss King, Sandra stabbed me with her pencil!" Miss King took Flor's paper and went across the room to handle the problem.

As Flor returned to her seat, she looked at each kid, hoping they wouldn't notice how her backpack hung very low on her seat.

When recess finally came, Flor and Lupita asked if they could stay inside the classroom. Miss King explained that she had yard duty, but added that if they behaved, they could stay in the room by themselves. Sandra asked to stay too.

"Last time I let you stay in, my desk was a mess," the teacher said.

"That wasn't me!" Sandra protested.

"Just come outside with everyone else, please," said Miss King. The rest of the class left the room quickly and as soon as the last kid walked out, Flor called, "Rafa! You can get out and stretch until the bell rings."

"*Gracias*," Rafa whispered back. This time he jumped out of the backpack. When he was out he looked around the room with wide, dry eyes. "*¡Caray!*" he yelled. "This is some place! It has more things than the museum."

"Not so loud!" Flor scolded. "Someone's going to hear you. Besides, you never finished telling us why you hid in my backpack."

"Well, basically," Rafa said, "ever since I was a kid, I wanted to see *los Estados Unidos*. But I never got a chance. I've been in the museum for almost thirty years. From my glass case, I'd see people coming from Texas, Florida, New York and California. I learned English from listening to people talk. Hearing everybody made me want to come here even more than when I was alive. I almost got out a couple of times. I'd see people with big bags, and ladies with huge purses. They'd leave them in the museum, and I knew that I could fit in them. But a new group would walk through, or someone would come back for the bag, and I was stuck. I waited a long time. I knew that if I was patient, I'd get my chance. That's why when I saw you walking so slowly, hiding behind your mamá's legs with that big empty backpack, I knew that was my chance. It

TEST
MON
REVI
CHAP

was perfect. You put your backpack down to pick up your brother and when you walked out of the room, I climbed in. Thank goodness you walk so slowly."

Flor pouted and shook her head. Lupita giggled.

"So you live in the museum?" Flor asked.

"Well, basically, I don't really live there. They keep me in the room with the baby mummy and the shy mummy." Rafa stood a little taller and said proudly, "I'm the oldest mummy there."

"When were you born?" Flor asked

"The fourth of October in 1884." Rafa felt the carpet and stared at the lights. "*¡Vaya!* I always wondered what I'd see when I got here, but I never dreamed it would be like this!" Rafa moved slowly around the class, waddling in a funny way, as if he had just gotten off a horse. While he walked, he stared at the walls, the desks and the computers.

"I can't believe it!" he said. "In all my time in the museum, I've always wondered how you keep the lights burning. I don't see the flame."

Flor didn't understand for a second. Suddenly, she ran to the light switch. "Look," she told Rafa. Flor flicked the lights off and on. "It's electricity, not fire light."

"*¡Caramba!*" Rafa yelled.

"Quiet!" Lupita said. She was looking out the window and she saw that Sandra was running to Miss King. Lupita saw her talking excitedly and pointing to the classroom.

"Flor!" Lupita yelled. "I think Sandra saw Rafa!"

"Oh, no!" Flor said. "What are we going to do?"

"Maybe I can hide somewhere else," Rafa said. "I was in that glass case in the museum for so long that I can stay still anywhere."

"Yeah, but we can't show you off," Flor said. "We have to hide you."

"Maybe in the cabinet," Lupita said.

"No. Miss King gets stuff out during math," Flor told her.

"How about in the cafeteria?" Lupita asked.

"Where in the cafeteria?" Flor answered. "Every kid in school walks through there. Besides, we can't just walk through the school without an adult asking us where we are going. Where can we go where no one else can go?"

Lupita said, "I don't know, but hurry! I have to go to the restroom."

Flor smiled. "Lupita! You're so smart! Let's go!"

Lupita frowned at Flor and then smiled. "Hey! I am smart," she said. "But wait! Rafa can't go in until I come out."

"I know that," Flor told her.

Just then Sandra opened the door. Miss King had given her the keys.

"Flor! Lupita!" she yelled. "Miss King wants you! I told her that you were talking to someone."

Flor didn't answer.

"You're going to get it, Sandra!" Lupita said.

"Don't worry about her," Flor said. She picked up her backpack and walked to the door.

The two girls walked out slowly. Flor glared at Sandra as she passed her. Lupita shoved Sandra against the door with her elbow.

"Ow!" Sandra said.

"Oh! Excuse me. Are you hurt?" Lupita pretended to apologize.

Sandra answered, "No."

"Too bad. I'll try harder next time!" Lupita said, looking back at Sandra. Sandra reached for one of Lupita's braids to pull, but wasn't fast enough.

When the girls walked up to Miss King, she shook her head at them. "Girls, Sandra said there was someone else in the room. If I can't trust you, I won't allow you to stay in the classroom by yourselves anymore."

Lupita answered, "Sandra's lying! She just wants to get us in trouble because she's jealous."

Flor spoke more calmly. "Look in the room, Miss King. There's no one there."

Miss King walked to the classroom with Flor, Lupita and Sandra behind her. She looked through the window and said, "I don't see anyone, Sandra. Who did you see?"

"Some little kid dressed like a cowboy," explained Sandra.

Miss King laughed. "A cowboy? There's no student in this whole school dressed like a cowboy!"

Lupita exclaimed, "See! I told you that she lies!"

"I do not!" Sandra protested.

"Girls! Girls!" Miss King interrupted. She turned to Sandra. "There's no problem here, Sandra. Please don't make up stories anymore."

Flor nudged Lupita softly and asked her teacher, "Miss King, can we go to the bathroom?"

"Sure," she answered.

The girls ran to the restroom. Inside, a pack of sixth-grade girls were talking and laughing. Flor sighed. "We can't let Rafa out while they're in there."

Flor and Lupita waited by the restroom door. When two boys ran by yelling and playing tag, Lupita got an idea. She ran into the restroom and announced, "Joey and Robert said they're going to beat up Sammy on the soccer field!"

Everyone knew Joey, Robert and Sammy, and the trouble they caused, so the sixth graders ran out to see the fight. Lupita entered the bathroom, disappearing from Flor's view for a while. Flor heard a flush, and then Lupita returned and gave her a "thumbs up."

"Those girls will be mad when they realize that you lied," Flor said.

Lupita shrugged, "I didn't say they were fighting. I said that they said they were going to fight. Too bad if they believe everything."

It was Flor's turn to shrug. The girls went into a stall and closed the door. Flor opened her backpack and let Rafa out. "You wait here until after school. We'll come and get you then," she told him.

"*¡Vaya!*" Rafa said staring down. "Look at the well! Can I have a drink?"

"No!" Flor yelled, grabbing his bony arm. "It's not a well. It's a toilet."

"A toilet? Toy let," he repeated. "What toys do you put in it?"

Lupita laughed. "Explain it to him, Flor."

Flor glared at her friend, and then turned to Rafa. "Come here," she said, walking him across the restroom. "This is a sink. This is where water comes out." She turned on the faucet.

"*¡Caray!*" Rafa said, shaking his head. "This is great. But what's that other thing for if you don't drink from it?"

Flor began, "It's for . . . for . . . It's for . . . "

Rafa stared at Flor waiting for an answer. His yellow eyes and dried skin made her nervous, so she looked down. Then she smiled, "It's an outhouse inside!"

"Oh!" Rafa said. "How fancy! So, basically, I sit here until you get back." Then he rubbed his chin. "But what do I do if somebody comes in?"

Flor looked at Lupita who shrugged her shoulders. Flor looked around the restroom and had an idea.

"Here," she told Lupita. "Get all these paper towels and put them in the toilet."

"Ewww! No!" Lupita said.

"Just do it," Flor ordered. "Just drop them in the water. Remember when Hugo and Marco got sent to the office last year?"

Lupita smiled, "Oh, yeah!" She took the brown paper towels and carefully dropped them in the toilet. Flor worked faster, grabbing paper towels, rolling them into balls and dropping them into the toilet. As they worked, the bell rang for the end of recess. "Hurry, Flor!" Lupita said. "We're going to get in trouble. Besides, how are we going to . . . ?"

"Don't worry," Flor said. "Wait outside."

Lupita left, and Flor told Rafa, "Stand on that pipe coming out of the wall."

Rafa stood on the pipe and Flor flushed the toilet. The brown paper towels swirled and sank into the toilet for a second, then rose up with the water. The toilet overflowed, and water and paper towels spilled onto the floor.

"Perfect," Flor said, moving her feet as if dancing to stay out of the water. She shook her finger at Rafa and said, "Wait here. I'll be back after school."

Rafa nodded.

When Flor got back to class, she told Miss King, "The girl's restroom is flooded again. Can I go tell the custodian?"

"You two are missing math," Miss King scolded. "Are you going to be able to learn what we're doing?"

Flor looked at the board and then at the worksheet in Miss King's hands.

"To divide fractions you flip the first fraction over," Lupita said.

"Then you multiply, right?" Flor added.

"Well, yes," Miss King said.

Miss King gave the girls permission and they went looking for the custodian, Mr. García. They found him setting up the lunch tables in the cafeteria.

Flor walked up to him and said, "Um. The girls' restroom is flooded."

"No problem," Mr. García said. "I'll go fix it."

Flor looked down and mumbled, "It's my fault. I put paper towels in the toilet. I'll clean it out."

Mr. García didn't know what to say. Flor was such a good kid. "I can't let you do that. It's a dirty job," he said.

Flor shook her head, "No. There's no . . . "

Lupita giggled. "No poop," she finished.

Flor continued, "It's just paper towels. I'll pull them out, if you . . . "

"If I what?" Mr. García asked.

"Keep the bathroom closed until after school."

"But it'll be a mess. Besides, what will the girls do?"

"They can use the other one," Flor said.

Lupita chimed in, "And you can turn the water off. I saw my dad do it once when our bathroom was flooded."

"Girls, why do you want to keep me and every one else out of the bathroom?" Mr. García asked.

"Can I show you after school?" Flor said. "I promise it's nothing bad."

Mr. García looked at Flor and Lupita. He'd known the girls since kindergarten. If Flor said that it was nothing bad, it was nothing bad. So he agreed,

"Okay. You pull out the paper towels, and I'll cover the door with caution tape."

Flor then did something he didn't expect. She looked up at Mr. García, smiled wide and gave him a big hug. That's when he knew that he'd done the right thing.

As the three of them walked to the restroom, Lupita whispered to Flor, "What are we going to do after school?"

"Right now I don't know," Flor answered.

What Flor didn't know was that Sandra had been watching the two friends. She was suspicious about the bathroom being flooded, so she told Miss King that she had a stomachache. Instead of going to the nurse, she went to the restroom where Rafa was hiding. When she got to the restroom door, she stopped.

"Who's in here?" Sandra yelled.

No answer.

"I know someone's in here," she said. Sandra tiptoed into the restroom, trying to keep her shoes and pants dry. Just then, Flor, Lupita and Mr. García arrived.

"Sandra! Get out of there!" Flor yelled.

Sandra hadn't heard them coming. Startled, Sandra slipped and fell. She hit her head on the wall of the bathroom stall. By the time Mr. García got to her, she was soaking wet and crying. He helped her up and walked her out of the restroom.

"What were you doing in there?" Flor asked. Sandra was crying so much that she didn't answer.

"You should be more careful," Lupita said. "Don't worry, Sandra. We'll tell Miss King what happened. *Everything* that happened."

Sandra cried even louder.

"See?" Mr. García said. "The wet floor is dangerous. You better let me clean it out."

Flor thought fast. "Sandra fell because we scared her. I'll be more careful."

"Okay," he said. "But we'll be right outside if you need us."

Mr. García gave Flor a wire hook to get the paper towels out of the toilet. Flor stepped delicately into the flooded restroom. When she opened the stall, Rafa looked up and smiled. He was about to say something when Flor put her finger to her mouth. Rafa nodded and kept quiet. Dipping the hook into the toilet bowl, she pulled out the soggy paper towels and plopped them on the floor. The sound they made was as disgusting as the thought of what she might pull up next. When Flor pulled out the last paper towel, the water flowed down the pipe, instead of spilling out. She breathed a sigh of relief.

"All done," she announced as she left the restroom. She realized what a mess she had made. "I guess I better clean up the paper towels now."

"We'll worry about that later," Mr. García said. "I have to take Sandra to the nurse, and you two have missed enough class time."

"Maybe you're right," Flor said. "But don't forget the caution tape."

"I'll do better than that," he said. "I'll lock the door for now and put the tape across the door later."

"Perfect," Flor said. "Thank you very much. We'll be here after school."

Flor and Lupita returned to class and began telling Miss King about Sandra. Lupita made sure to say, "She fell in toilet water" really loud so everyone heard. The class erupted in laughter.

When the school secretary called and asked for Sandra's things to be sent to the office, Miss King told Flor, "I'll send someone else this time. You've been out of class a lot today."

"Okay," Flor said. She didn't mind. She just wanted to sit down for a while and think.

Flor spent the rest of the day worrying about Rafa. She ate only a little lunch, and gave her apple slices to Lupita. The girls even walked past the restroom during lunch recess to make sure the door was still locked. During social studies, instead of studying maps, Lupita whispered, "Do you think Rafa's okay?"

"Ssshhh," Flor said. "Don't say his name."

"What are you going to tell Mr. García after school?"

Flor sighed. Miss King walked by, so Flor pointed to the map and pretended to be working. "I guess I have to tell him the truth," she said. "But I'm not sure how."

Lupita pointed to the map too and whispered, "Are you going to show Rafa to him?"

Flor shrugged her shoulders and continued staring at the book. She wasn't sure what she would do.

After school, Flor and Lupita picked up their brothers from their classes, and then they searched for Mr. García. When they found him, Flor asked, "Can we go in the restroom now?"

"Okay," he said.

"We've got to do something with our brothers," Flor whispered to Lupita.

"No problem," Lupita answered. She called to the boys, who were walking slowly behind them, "Want to go to the playground before we go home?" The boys ran to the playground and began to dig in the sandbox.

Flor and Mr. García went to the restroom. Mr. García unlocked the door, and asked, "Okay. Do I get to see what the big deal is?"

Flor hesitated, and then nodded. "Wait here." She walked in the restroom and came out in a few seconds holding her backpack. She looked down and whispered, "Promise not to tell?"

Mr. García thought about it. He had to tell the principal everything that went on. He'd heard about one custodian who didn't tell his principal about a cat living under a classroom. That guy got fired when the principal found kittens in her lunch. Those things happen to custodians.

Then he looked at Flor. Her big brown eyes were red and watery. What could he do?

"I promise," he said.

Flor looked around to make sure no kids were around. She slowly opened her backpack. "It's okay, Rafa," she said.

First, Mr. García saw the beat up cowboy hat, then the wrinkled yellow skin. It reminded him of the dried mustard he scraped off the cafeteria floor after they served corndogs for lunch.

"This is Rafa," Flor said.

Even a custodian who'd seen gross stuff for years was grossed out seeing a mummy.

Rafa stood up and smiled, "*Buenos días*. Rafael Rigoberto Pérez Hernández, at your service."

Mr. García looked at Rafa and then he looked at Flor. "Okay, Flor. What's going on?" he asked.

Flor told him about her trip to Guanajuato, the mummy museum and Rafa escaping in her backpack.

Mr. García scowled, "So you're . . . I'm talking to a . . . " Mr. García shook his head and said, "Putting people in glass cases and calling it a museum sounds kind of weird to me, but I've never been to Guanajuato. My family's from Jalisco. But just take it . . . him, home now, and I promise to keep it a secret." Flor promised and Rafa went back into the backpack. Mr. García added, "And promise me that from now on, you'll leave the toilets alone."

"I promise," Flor nodded. "Thank you."

Flor and Lupita called their brothers and together they began walking home. On the way, things got even more complicated for Flor, Rafa and even for Mr. García.

The girls told their little brothers to walk ahead of them, so they could talk privately. The boys scrambled ahead and began to talk about superheroes. As they walked past the Under a Dollar Mart, the boys stopped and stared in the window. The girls caught up to them and began looking too. The store window was filled with different types of Halloween costumes, from superheroes to princesses to zombies; they all hung flat and lifeless. Flor looked in the window and said, "I hope my mom doesn't get me that princess costume like she said. I want to be a witch."

"Again?" Lupita complained. "You were a witch in second grade."

"Yeah," Flor said. "But this time I'll be really scary! It won't be a little kid witch."

"You mean with long nails and green skin?" Lupita asked.

"Yeah!" Flor answered. "And I want a stringy wig and pointed shoes."

Lupita looked at Flor. "I want to be a monkey. My *tía* is almost done with the costume."

Flor shook her head. "I better tell my mom not to get that costume. It's already October 24."

Flor's backpack shook, and she almost fell.

"Stop it, Rafa," Flor shouted. "Someone's going to see you!"

The girls heard Rafa's muffled voice, but couldn't understand what he was saying. Flor looked around. Some third graders were walking past.

Lupita pointed behind them and yelled, "Run! The *cucuy* is coming!"

The little kids ran away without looking back. No one ever wants to be caught by the boogeyman. You'll never see your parents again.

Lupita turned to Flor and laughed, "All clear." She then saw Adrian and Gabriel's scared faces. She smiled at them. "I was just kidding. Wait right there."

Flor took off her backpack and unzipped it. She scolded Rafa, "What's the matter?"

"*Mija*, it's hard to hear in your backpack," Rafa said, "but did you say today is October 24?"

"Yeah," Flor said.

"*¡Dios mío!*" Rafa cried. "I only have eight days."

"Halloween's in seven days," Lupita corrected.

"Not Halloween, *mija*," Rafa said. "El Día de los Muertos, you know, the day to remember the departed loved ones."

"So?" Lupita asked. "Why does that matter?'

Rafa eyes looked up from inside the backpack and he explained. "It's my favorite time of the year. All my family, my great-great grandchildren come and sing and bring food. I've got to get back to Guanajuato. I have to be in the museum by then."

Flor looked at Lupita. Lupita stared back and said, "Forget it, Flor. You just got back from there. Besides, you don't even know how to get to Guanajuato."

"Yes, I do," Flor said. "You get in a car, drive to Tijuana, get on a plane, fly to . . . to . . . Guadalajara, and your uncle drives you to Guanajuato."

"I knew I could count on you!" Rafa said.

"Hey!" Flor said. "I didn't say I was going to take you. I just said that I knew the way."

"But . . ." Rafa said.

"I'll figure it out, Rafa," Flor said. "But I need to get home first."

"Me too," Rafa answered.

Flor rolled her eyes, zipped up her backpack, put it on and started walking. She walked in silence with Lupita. After just a few steps, she heard sniffling.

"What's wrong?" Flor asked Lupita.

Lupita turned around. "Nothing," she said.

Flor stopped and looked at Lupita. "You didn't sniffle just now?" she asked Flor.

"No," Lupita answered.

The girls heard it again. It was Rafa. Flor stopped and opened her backpack again.

"What's wrong?" she asked.

"I'm sorry, *mija*," Rafa said. "But basically, I don't have any fun. I'm a mummy. We don't do anything but stay in a glass case all day. Only when my family comes for the Day of the Dead does anything nice happen to me."

Flor could see Rafa begin to smile as he thought of the special day.

He continued, "You should see how colorful all the decorations are! They make a big sugar skull with my name on it, and huge loaves of sweet bread called *pan de muerto*. They even bring a corn drink called *atole*, and I love *atole*! I know I can't drink it, but it's fun to know someone still remembers me. I

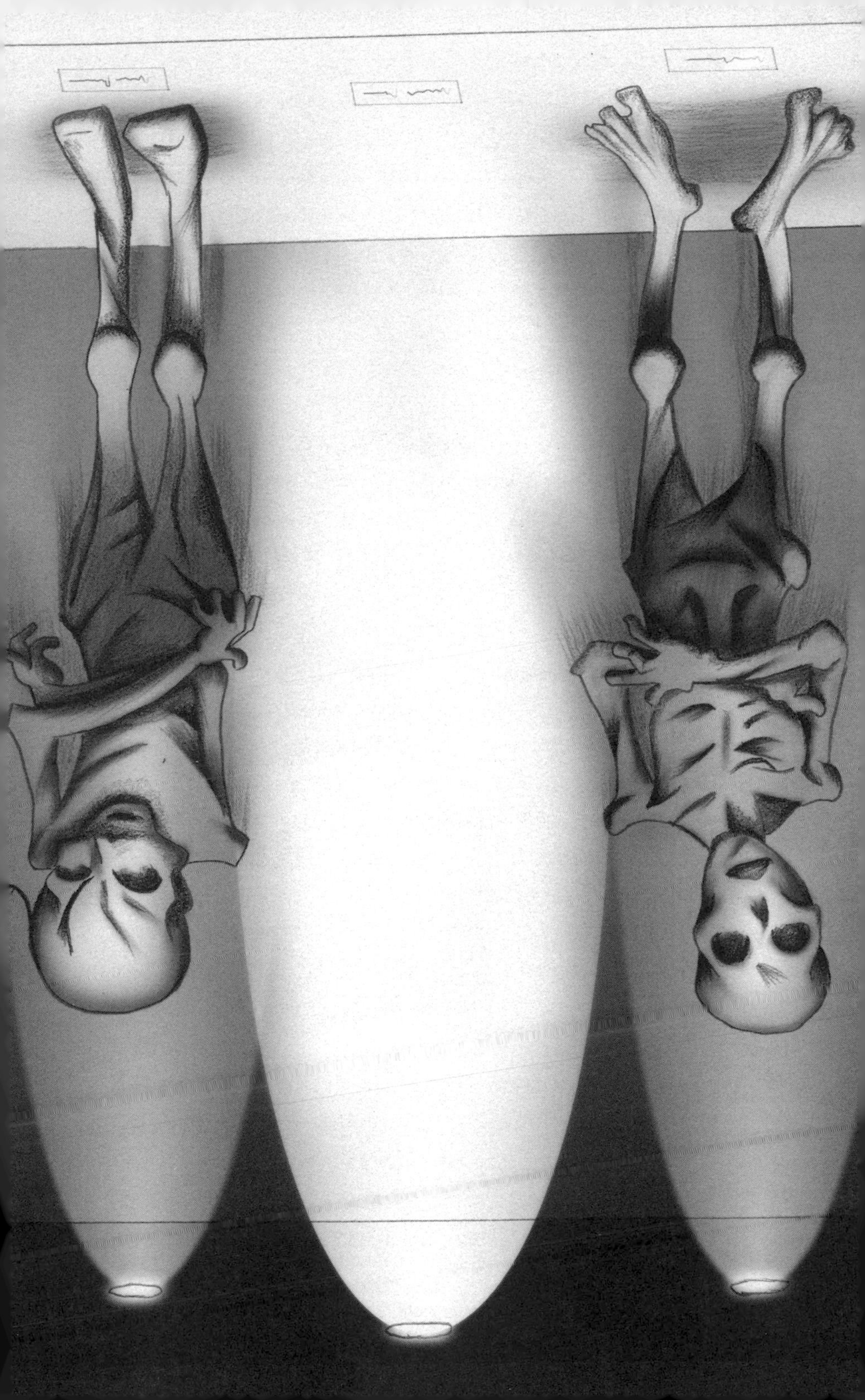

have to be in the museum by then. I thought that coming here with you to *los Estados Unidos* would be fun, and it was, until you told me what day it was. I'm sorry to cry like this. I don't think I wet your homework."

Flor sighed. "Don't worry," she told Rafa. "My family kind of celebrates the Day of the Dead here. My great-great-grandma is buried in Guanajuato. We put her picture up in the living room with flowers and sweets. We could do that for you."

Rafa thought about it. "But I'll have to stay in your backpack," he said, sniffling. "I won't get to see the candles or smell the sweet bread. I won't get to hear the songs. I won't see the flowers. I . . . I . . . " He started crying again.

Flor looked at Lupita.

Lupita glared at Flor.

Flor exclaimed, "We have to do something! He's crying!" She looked into her backpack. "Don't worry, Rafa," she promised, "we'll get you home."

"*Gracias,*" Rafa sniffled. Flor zipped up her backpack.

As the girls resumed their walk, Lupita argued, "Why did you say that? We can't go to Mexico on our own. We don't even have any money."

"I know that, Lupita," Flor said. "We don't have to go, but we can find a way to get Rafa there."

Lupita stopped and grabbed Flor's arm. "Hey!" she said. "Maybe some other kid will go to Guanajuato soon, and they'll be able to take Rafa for you."

Flor rolled her eyes. "Who do we know that's going to Guanajuato this week?"

"I don't know," Lupita said. "We can ask people."

"And what are we going to tell them?" Flor asked, "'Hey, can you take this mummy to the museum?' What will they say?"

"Sorry!" Lupita yelled. "I'm just trying to help." Lupita walked away from Flor, staring straight ahead, and joined the boys.

Flor sprinted to catch up, but didn't know what else to say, so they continued walking in silence. When they finally arrived at Lupita's house, Lupita tried changing the subject.

"My mom said I could try the internet tonight," Lupita bragged. She knew that Flor didn't have a computer.

"Bye," was all Flor said, leaving Lupita at the gate of her house.

Flor walked a few steps, stopped and turned to Lupita. "You're getting on the internet tonight?" she asked.

"Yeah," Lupita answered cautiously.

"Do you think that you can find the mummy museum on the internet?"

"I don't know," Lupita answered. "I can try."

"Do you think I can come over?" Flor asked smiling weakly.

"Sure!" Lupita said, smiling back. "That way my mom won't get suspicious if we're looking for the museum. But how are we going to get him there?"

Just then, a man walked between the girls. "Excuse me," he said.

The girls looked. It was the postal worker, bringing the day's mail. Flor and Lupita looked at each other. "We'll mail him!" they said together.

"I'll call you after dinner," Flor said. "Thanks, Lupita." The girls hugged.

Flor walked home with a little more hope for her new friend, then she felt a tug on her backpack. "Stop, Rafa," she said. "We're almost home. I'll get you out then."

"Who's Rafa?" The voice was not Rafa's.

Flor turned quickly. It was Sandra.

"And what's in your backpack?"

"None of your business," Flor said. Then she added, "Have you done your homework yet, or do you like detention?"

Sandra curled her fist, but held her temper. "Who was in the room with you at recess? And what were you doing in the bathroom?"

"What everybody who's potty-trained does in the bathroom, but you wouldn't know that, nosy!" Flor answered. She felt a tug on her backpack. She twisted around and saw Sandra's little brother.

"I got it opened!" he yelled to Sandra.

Flor felt Sandra's hand reach into her backpack. Then Sandra screamed. "Aaah! Something grabbed me back! What's in there?"

Turning her backpack backwards, Flor zipped it up. She took two steps back and looked at Sandra and her brother. "It's a mummy! He was brought

back to life with magic. The mummy's under my powers and he'll attack anyone who attacks me! There! Now you know, and you better leave me alone or . . . " She didn't finish the sentence. Sandra and her brother were running down the street. She looked at Adrian; he was staring at her.

Flor smiled at her little brother. Thinking quickly, she told him, "Pretty good trick, huh? I guess we scared them."

Adrian nodded, but seemed startled.

Flor opened her backpack. "I was just kidding." She pulled out a notebook. "All I have in my back-pack is homework, just like you."

Adrian began to smile.

Flor asked, "What homework do you have?"

"Nothing."

Flor shook her head. "You have homework every day, just like me. What do you have? It's your turn to open your backpack."

Adrian opened his backpack and took out some crumpled papers. Flor took his hand. They walked home as she read the papers. "Hey! Your field trip is next week!"

"Yeah," Adrian said. "I can't wait." He began to talk about the trip, and his friends, and Flor smiled to herself. He'd already forgotten about her backpack.

When they got home, Adrian burst in, but Flor walked in quietly. She wasn't sure how to tell her mom about Rafa, and she didn't want to worry her. In the living room, her youngest brother, Benjamin, was playing with action figures while her mother

was watching TV. Adrian dropped his backpack and ran to play with Benjamin.

"Is that you, *mija*?" Flor's mother called to her.

"Yes, Mami," Flor answered. She walked straight to her room and put her backpack down carefully. "Wait in my closet, Rafa. You can get out of the backpack, but stay in the closet. Hide if the door opens."

"*Perfecto*," Rafa answered from inside Flor's backpack. "*Gracias*."

Flor usually gave her mom a kiss as soon as she got in, so her mom was worried when she did not go to the living room. Flor's mom got up and walked down the hall.

"*¿Estás bien, mija?*" Flor's mom called, then she heard the whispering, "Who are you talking to?"

"Just talking," Flor answered. She closed her closet door and walked out of her room. "I'm just happy to be home." She wrapped her arms around her mom's waist.

"*Ay, mija*," her mom said, kissing her daughter. "How was your day?"

"Fine," Flor said. "Can I go to Lupita's house later? She's going to use her computer."

"*Sí, mija*. After you eat and help me clean up," her mom said. "And soon, you'll have a computer, too."

"Thank you," Flor said. They walked to the kitchen where some *albóndigas* were bubbling in a large pot. She liked the meatball stew. Flor began to set the table. She asked her mom, "Remember the mummy museum?"

Her mom turned and smiled, "Of course. You were so scared that you held my arm tight the whole time. You only let go of me when Benjamin wanted you to pick him up, then you almost left your backpack! What a time!"

Flor smiled, and then asked, "Can you tell me about the *momias*?"

"*¿Las momias?*" her mom said. "And why are you so curious about mummies? You didn't even like the museum."

"Please," Flor said.

"*Pues, bien,*" her mom said. "Let's go back to the living room."

Flor rested her head on her mom's lap. On TV, a soccer game had started but Flor and her mom weren't looking at it. Her mom was stroking Flor's hair, and she began to speak. "I was born in Guanajuato. To me, it's the most beautiful place on earth. You remember how pretty it looked from the top of the hills when we took a ride on the tram?"

Flor nodded. She remembered feeling like a bird, flying high above the town. Standing on the top of the hills, looking down on the colored buildings, she thought they looked like doll houses, yellow, orange and pink with red tile roofs.

Her mom told her about the cemetery of Santa Paula, which isn't like the cemeteries here. Most of the graves are above ground, stacked high. "When I was a kid," her mom said, "*Las momias* weren't in glass cases. They were just out in the open. You could get really close, but we usually covered our

faces with a handkerchief." She sighed. "Your great-grandparents and their parents are buried there. It is a beautiful place."

Flor took her mom's hand and kissed it.

Later, when Flor returned to her room, she closed the door and called to Rafa. "It's okay, Rafa. It's just me." She slowly opened the closet door. She had to hold back the creepy feeling she got seeing the little mummy in her closet.

"*Hola,*" Rafa said.

Flor smiled. "Where am I going to keep you?"

"Basically, I'm fine right here," Rafa said.

Flor shook her head. "I'm not. Get in my backpack and I'll see where I can put you for the night." Rafa climbed back and then stretched out his bony hand. "Here's your notebook and your homework."

"Thanks," Flor answered. She'd need to do that later.

She took her backpack and walked quietly to the backyard. She didn't want to leave Rafa outside, so she went into the garage. She moved among the tools, a lawnmower and three bikes. Finally, she found a box that had her broken skates, old dolls and action figures that her brothers had destroyed. She lifted her backpack and said, "You can stay in this box. You can get out and explore the garage, but be quiet, and get back in the backpack in the morning. I'll come get you before I go to school."

Rafa nodded, "Hmm. This place looks real interesting. These dolls have lots of muscles."

Flor giggled, "Those are action figures, like dolls for boys."

Rafa touched an action figure's arm, then his own skinny arm. He shook his head.

"Don't worry," Flor smiled. "You're perfect, for a *momia*."

"*Gracias,*" Rafa said. "I was thinking the same thing."

"I have to go," Flor said. "Good night."

"*Buenas noches,*" Rafa answered.

That evening at Lupita's house, Flor and Lupita sat down in front of the computer. Lupita clicked on the internet.

Lupita and Flor knew how to do internet searches. They had done them in school lots of times for research reports. Flor told Lupita to type in "museo de las momias de Guanajuato."

It worked! They found the site for the museum!

"Look up the address," Flor told Lupita.

They found it and wrote it down. Then they went to the Postal Service website. They printed the mailing information for sending packages to Guanajuato.

"This is perfect," Lupita said.

"And easy," Flor added.

It turned out to be a little harder than that, though.

The next morning, Flor got up early and dressed for school.

"Good morning, Rafa," she whispered, as she opened the garage door. But there was no answer.

She went to the corner where Rafa's box was, and it was gone! *Maybe it wasn't here*, she thought. *Maybe it's behind the bikes.* Her heart raced as she moved the bikes, but didn't find the box. She searched the entire garage until her mom called her for breakfast.

Flor walked in and flopped down at the table.

"What's wrong, *mija*?" her mom asked. "Do you feel sick?"

Flor shook her head. "It's just that . . . What happened to that box that was in the garage? The one with my broken skates and old dolls?"

"Oh, that box," Flor's mom said. "I told your father to take it to the dump today on his way to work. That box needed to go a long time ago."

Flor got up and ran outside to see if her dad had left. His truck was gone! Her shoulders slumped, and she went back inside.

Her mom looked puzzled. "What's the problem?" Then she smiled, "Oh! Don't worry. Your dad took out your skates. Why were they in the box? They weren't broken."

Flor looked at her mom. She was pointing to Flor's skates on the living room floor.

Flor didn't want to argue with her mom, but she was sure that one of the front wheels on the left foot was off. Her mom served Flor a plate of eggs, but Flor kept her head down.

"Are you sure that you're not sick?" she asked.

Flor just shook her head. Her mom sighed. Adrian came in, sat down and started eating.

"Flor!" he called. Flor didn't answer. "Flor!" he said again, and when she didn't answer, he asked, "Why did you put your backpack by my door?"

Flor looked up.

Adrian repeated, "Why did you put your backpack by my door?"

Flor said, "I didn't . . . "

Her mom interrupted, "Oh! That's where your dad put it. I thought he put it by your skates. I guess he was in a rush and just put it down by Adrian's door instead of yours."

Flor rushed to Adrian's room. There, leaning against the wall was her backpack. She picked it up, ran to her room, closed the door and opened the backpack.

"*Buenos días,*" Rafa said, peeking out.

Flor sighed. "Good morning," she answered. "I was worried about you."

Rafa stood up. "Oh, I'm fine. That room is huge. And so many tools! Those boots with wheels are very interesting. I hope you don't mind, I put the fourth wheel on. I think I got it right."

"That's what happened to my skates," Flor said. Then she smiled at Rafa. "Thank you for fixing them."

"*De nada,*" he answered. "Are we going back to your school today?"

"Yes," Flor said, then her stomach growled. "But I'm going to get breakfast first." She paused, and then added, "Can I get you anything?"

Rafa smiled. "No. I'm fine. I haven't been hungry in about a hundred years."

Flor laughed, and returned to the table to eat her breakfast.

She felt confident as she walked to school. On her way, she saw Sandra, but Sandra was too sore from falling and too scared to bother her. Rafa stayed still in her backpack. As soon as she got to school, she found Lupita, and together, they went up to Mr. García as he was emptying the breakfast trash in the dumpster, some soggy French toast.

"Could we please have an empty box?" Flor asked.

"Sure," he said. "How big?"

Flor held up her backpack, "This big?"

"No problem," he answered. "Do you want it now or after school?"

"Well," Flor said, "we kind of need more help."

"Does this have something to do with Rafa?" he asked.

Flor looked down. Her shoulders fell. "Rafa needs to get home."

"Home?" Mr. García said.

"In time for *El Día de los Muertos,*" Lupita added.

"Wow!" Mr. García said, talking to the backpack. "You don't have much time. Isn't that in about . . . Hey! How are you going to . . . ?"

Then he understood. He looked at Flor.

"So that's what you want the box for."

"Yes," Flor said. "But we need more help. We need you to mail him to Guanajuato today."

"What?" he said.

"Will you mail him for us?" Flor pleaded.

"You kids don't even know how much it costs to mail something . . . I mean, someone that far," he argued.

"Yes, we do," Lupita interrupted. "We found out online last night."

"Here," she continued, pulling out a sheet of paper from her backpack. "According to the Postal Service website, we can mail Rafa to Mexico using Global Express Guaranteed Non-Documenting Service for sixty-seven dollars and twenty cents without insurance. Sorry, Rafa."

"Don't worry," Rafa said. "I'm just excited to be going home."

"Sixty-seven dollars!" Mr. García exclaimed. "I don't have that kind of money."

"And twenty cents," Rafa added, smiling.

"You better get back in my backpack, Rafa," Flor said. "Someone's going to see you."

Rafa smiled at Flor and obediently stuffed himself into her backpack. Then Flor turned to Mr. García.

"Lupita and I have forty dollars, twenty each that we both saved from our birthdays. We can pay you the other twenty-seven dollars soon."

"And twenty cents," Mr. García added.

"Oh, we have the twenty cents," Lupita said, holding out two dimes in her hand.

"Great," he told her. "So what do you want me to do?"

Just then the bell rang. Lupita ran to class.

"We have to go," Flor said. "We'll look for you at recess."

As soon as all the kids were seated, Miss King went around the room collecting homework. Flor, as usual, had hers out ready to hand in. When Miss King got to Sandra's desk, she asked, "What's wrong, Sandra?"

Sandra, who had her head down, answered, "I tried to do my homework. But it was so hard, and my head hurt from yesterday. I tried, Miss King. I tried." And she cried even louder than before.

Miss King sighed, "Don't worry, Sandra. I'll see what I can do."

Sandra looked up at her teacher. "Can Flor help me during recess? She was so helpful yesterday when I got hurt. And she's so good at math."

"That's a good idea, Sandra," Miss King said. Then she turned to Flor. "Flor, I'd like you to help Sandra with her math."

What could Flor do? She couldn't say *Sorry, Miss King, I have to help a mummy get back to Mexico*. "Okay," she mumbled, staring at her desktop.

After the bell rang for recess, Miss King said, "I have yard duty again. Sandra, you have enough time to finish the first ten problems. Thank you for helping, Flor. Lupita, please come outside."

Once the door was closed, Flor said, "Okay, Sandra, get your book."

Sandra got up and sat next to Flor. "I guess you can't go see the custodian, huh? Too bad."

Something inside Flor tightened. What a trick! She tried to keep her temper.

"I don't know what you're talking about," Flor said. "We better hurry, or you won't get your work done."

Sandra took out a pencil and dropped it. As she picked it up, she knocked down Flor's backpack.

"Ow!" Rafa said.

Sandra jumped. "You *do* have something in there!" she yelled, standing up and backing away from the desk.

Flor quickly picked up her backpack and hung it on the back of her chair. "I already told you about the *momia*!" she said, glaring at Sandra. "Leave my backpack alone, or I'll . . . " She calmed down and realized how to get back at Sandra. "You better finish your work or I'll tell Miss King you were goofing around, and you know that she'll believe me."

Sandra sat back down, but two desks away from Flor. "Fine, then. What are the answers?" she demanded.

Flor looked at the problems. "Number one is forty-seven. Number two is fifteen, remainder two."

Sandra wrote down the answers. The bell rang just as she was finishing.

Miss King walked into class and asked, "Are you all done, Sandra?"

Sandra handed Miss King her paper. The teacher frowned. Flor tapped her arm.

"She didn't want to listen," Flor said. "She just wanted the answers. So I gave her the wrong ones."

"But Miss King!" Sandra cried. "Flor has a mummy in her backpack!"

For a second Flor froze. What could she say? How would Miss King react? Then the class resounded in laughter.

"Yeah, right," Matt said.

"A mummy!" Jason added. "I have a zombie in mine. Want to see?" He held up his backpack.

The boys started walking around the room like zombies. Soon the whole class except for Flor and Sandra were walking like zombies. Even Lupita got into the act.

"Everyone sit down this second, or you zombies will all have lunch detention!" Miss King ordered.

Everyone sat down. Miss King glared at Sandra, shook her head and said, "You have lunch detention. You'll have to stay and do your own work and get it right. And please don't disrupt the class again with your crazy stories."

Relieved, Flor sat down. Lupita nudged Flor with an elbow, and Flor shrugged.

Later, Mr. García called from the office and got permission for the girls to stay after lunch and help him "clean up" the cafeteria.

What they really did was find a box for Rafa. They used an empty copy paper box and with some tape and white butcher paper, they wrapped it up. Flor then wrote a letter to the museum in Spanish. It read:

I found this mummy, Rafael Rigoberto Pérez Hernández, in my backpack when I got home from the museum, and I am returning him. He hasn't been harmed in any way. I hope you will put him back in his place so he can enjoy El Día de los Muertos. I liked your museum a lot and I hope to see it again some time.

Sincerely,
Flor Moreno

When everything was ready, Mr. García turned to Rafa, "Time to get in, *hombre.*"

"*Muchas gracias por todo,*" Rafa said, shaking his hand. Mr. García didn't smile, but he shook Rafa's hand just the same.

"Bye, Rafa," Lupita said.

"*Gracias,*" Rafa said. He put out his hand.

Lupita kept her hands behind her back; she didn't want to shake a mummy's hand, even a kind one like Rafa. Then he turned to Flor. "*Ay, mija,*" he said. "You are so *maravillosa*. I'm glad I got a chance to meet you. Thank you for showing me some of *los Estados Unidos*, but I thank you especially for having such a kind heart."

"Take care," Flor said, hugging the little mummy. "My mom says we might go back to Guanajuato next year. Maybe I'll see you then."

"I hope so," he said, smiling.

Then Flor pinned the letter to his shirt. The little guy climbed into the box and Mr. García closed it, sealed it and wrapped it following the instructions

the girls had printed. He explained to the girls that the Post Office didn't close until 5:00 and he got off at 3:30. It would be easy for him to get Rafa mailed off. Lupita and Flor gave him forty dollars and twenty cents. He didn't want to take it, but he sure didn't have sixty-seven dollars. He did have twenty cents though, so he let the girls keep their dimes.

For the next few nights, Flor didn't sleep well. She wondered if Rafa was okay, and if he'd get to Guanajuato on time. Every morning, when Lupita and Flor said good morning to Mr. García, he'd ask, "Have you heard anything yet?"

"Not yet," Flor answered.

The three of them were nervous about Rafa. They wanted to be sure that he got there safely.

Flor and her family spent their afternoons decorating their house for the Day of the Dead. They cleared a shelf in the house, covered it with red cloth, and placed pictures of Flor's great-grandparents there. Next to the pictures they placed vases with flowers and white candles.

Flor and Lupita decided to tell their moms what had happened right after Rafa was mailed. It was very strange, but their mothers weren't very angry. In fact, Flor's mother called her brother in Guanajuato the next morning so he could go to the museum and check to see if Rafa had arrived safely.

Rafa had arrived with a day to spare! Everyone was relieved and happy for him.

When the Day of the Dead came, Flor brought Mr. García some *pan de muerto*, fresh from the bakery. And Lupita brought him some candy skulls that her aunt had made.

That day, when Flor got home, her mom was sitting in front of the altar they had made. She was looking through an old photo album. She showed Flor all the pictures of her father and mother, her grandfather, who was Flor's great-grandfather, and her great-grandmother.

Flor noticed how serious everybody in the photographs was; everybody except a little guy standing to the side. He had a mischievous smile on his lips and a twinkle in his eyes.

"Who's that?" she asked her mom.

"That," Flor's mom said, "is your Great-Great-Uncle Rafael. My grandmother said he was a trickster."

Immediately, Flor recognized the face.

Flor's mom held her daughter's hand. "I guess he still is," she said, smiling.

Flor brought the picture to Mr. García at school. He nearly fainted! Who would have thought such a thing possible? But it really had happened.

After that day, every time Flor's mom made fruit turnovers, she would send some for Mr. García. Lupita's mom even sent him tamales at Christmas. The moms tried to pay back the 27 dollars, but Mr. García wouldn't take the money. In fact, and he never told anyone this, but when Christmas came, he gave Lupita and Flor each a card with twenty

dollars inside. And every Day of the Dead, while the girls were in elementary school, they'd get together, have some *pan dulce* and hot chocolate, and remember Rafa, the little mummy.